La loi cachée

DU MÊME AUTEUR
AUX ÉDITIONS DU MASQUE

La mort à Frisco

Un garçon en or

L'enfance du crime

Adieu aux amis chers

Sous une pluie de flammes

Collection de romans d'aventures
créée par Albert Pigasse

www.lemasque.com

Titre de l'édition originale

THE HIDDEN LAW
publié par Harper Collins Publishers

ISBN : 978-2-7024-3328-7

Michael Nava

La loi cachée

Traduit de l'anglais (États-Unis)
par Pascal Loubet

ÉDITIONS DU MASQUE
17, rue Jacob 75006 PARIS

À Joseph Hansen

REMERCIEMENTS

Je remercie Rob Miller, Sharon Flanagan
et Katherine V. Forrest
pour leur amitié, leur soutien et leur aide,
ainsi qu'Andy Ferrero.

La Loi Cachée ne contredit pas
Nos lois de la probabilité
Elle prend l'atome et l'étoile
Et les êtres humains tels qu'ils sont
Et ne répond à rien quand nous mentons...
Dans son extrême patience elle ne tente pas
De nous retenir si nous voulons mourir :
Quand nous la fuyons en voiture
Quand nous l'oublions dans un bar
C'est ainsi que nous sommes punis par
La Loi Cachée

W. H. Auden
« La Loi Cachée »

1

En me retrouvant par une chaude matinée d'avril devant l'hôtel de ville du centre de Los Angeles, je me mis à penser à mon père, mort depuis longtemps, et à *Dragnet*, son feuilleton télévisé préféré. Un dessin de l'hôtel de ville figurait sur la plaque que le sergent Friday brandissait chaque semaine en appliquant sévèrement la loi et l'ordre, et mon père n'a jamais manqué un seul épisode. Il croyait dur comme fer à la loi et à l'ordre. *Dragnet* confirmait sa vision en noir et blanc du monde : il était rempli de machos sans humour comme le sergent Friday et lui qui combattaient les forces du mal. Mon père voyait large : le mal, c'étaient la plupart des Anglo-Saxons, tous les Noirs, bien des Mexicains, les prêtres, les Juifs, les avocats, les médecins, les chômeurs, les riches et quiconque avait moins de quarante ans. Sa haine était grandiose et impartiale. Tous ceux qui étaient différents de lui devenaient l'objet de son mépris. Et s'il avait imaginé que de telles créatures pussent exister, les homosexuels auraient certainement fait partie de sa liste.

En montant les marches de l'hôtel de ville, je me demandai si mon père m'aurait détesté davantage comme homosexuel que comme avocat. Puis je me rappelai qu'il n'avait jamais eu besoin d'une raison pour me haïr. Il lui suffisait que je ne sois pas lui. Quant à moi, je ne détestais plus mon père, bien que ce fût devenu, je l'avoue, plus facile après sa mort. Lui pardonner représentait encore un problème.

J'étais monté trop vite et arrivé en haut, je dus m'arrêter pour reprendre haleine. J'avais quarante ans et je me surprenais à penser à mon père plus souvent à présent que pendant toutes les années qui avaient précédé sa mort. Il restait terriblement vivant dans ma mémoire, où les anciennes batailles faisaient encore rage. Parfois, je devais me rappeler non seulement qu'il était mort, mais que j'avais assisté à ses derniers instants. Il était mort dans une chambre d'hôpital brillamment éclairée en écartant d'une tape ma main compatissante et en hurlant à ma mère : *Mas luz, mas luz*. Je n'ai jamais élucidé s'il demandait plus de lumière ou s'il criait de terreur devant une lumière qu'il était le seul à apercevoir. Il était mort en emportant ce mystère, et bien d'autres encore.

J'entrai dans la rotonde de l'hôtel de ville, aux parois en énormes blocs de pierre, remplie d'une pénombre de tombeau. Trois drapeaux pendaient, inertes, loin au-dessus de la mosaïque de marbre du sol qui représentait un galion espagnol. Autour du dôme se dressaient huit statues en céramique représentant les attributs d'un gouvernement municipal : Service Public, Santé, Confiance, Art, Protection, Éducation, Loi et Gouvernement. Je cherchai vainement les quatre autres : Opportunisme, Incompétence, Corruption et Avarice. Je ne doutais pas un instant que j'allais les croiser lors de l'audience à laquelle je me rendais.

Six semaines plus tôt, une loi avait été proposée par le sénateur de l'État Agustin Peña, qui représentait East Los Angeles. Sa loi rendait criminel de « faire activement partie d'un gang de délinquants de rue en sachant que ses membres se livrent ou se sont livrés à une activité criminelle en rassemblement ». Bien qu'enfreignant le Premier Amendement autorisant la libre association, on s'attendait à ce que la loi soit adoptée sans difficulté. Bien que le vote soit acquis d'avance, le comité sénatorial auquel elle était soumise avait organisé une audience publique à Los Angeles.

Les raisons du comité avaient été mises à jour par un chroniqueur du *Los Angeles Times* qui avait fait remarquer que le jour de l'audience était également la date limite de dépôt des candidatures pour les élections municipales primaires de juin. Cynique, le journaliste concluait que le sénateur Peña voulait profiter de l'occasion pour annoncer son entrée en lice et se positionner comme le candidat de la loi et de l'ordre. Interrogé, Peña, qui se préparait depuis des mois à sa campagne, avait coquettement refusé tout commentaire.

Quelques jours plus tard, à la mi-mars, Peña avait renversé un vieil homme à Sacramento et l'avait tué. Son taux d'alcoolémie était deux fois supérieur à la limite légale pour conduire. Il avait été inculpé d'homicide involontaire et conduite en état d'ivresse. Juste après, il était entré dans un centre de désintoxication, SafeHouse, et on n'avait plus eu de nouvelles de lui depuis. Deux jours plus tôt, son bureau avait annoncé qu'il viendrait faire une déclaration à l'audience.

L'événement était attendu par toute la ville. J'entrai dans la salle du conseil municipal, où l'audience avait lieu devant une salle comble. Les chaînes de télévision étaient venues en force, certaines depuis San Francisco. Leur présence me rappela que Peña était plus qu'un simple politicien local. C'était peut-être l'élu latino du plus haut rang de l'État, le symbole des aspirations de millions de personnes et, jusqu'à l'accident, celui qui, depuis un siècle et demi, avait le plus de chances de devenir le premier maire de Los Angeles d'origine mexicaine.

Bien qu'ayant rencontré personnellement Peña au fil des ans, ce que je savais de lui provenait surtout des journaux et de ses brochures de campagne. Celles-ci le dépeignaient comme l'idéaliste qui avait marché dans la poussière de Delano avec Cesar Chavez vingt-cinq ans auparavant. La presse le décrivait comme un puissant politicien. Dans les deux cas, on reconnaissait son efficacité à son poste. Cependant, au cours des ans, d'une manière vague, mais très perceptible, sa réussite l'avait corrompu, il se montrait désinvolte en public et arrogant dans la poursuite de ses objectifs. Les jeans et polos avaient laissé la place à de coûteux costumes taillés sur mesures pour dissimuler une corpulence croissante. De mon point de vue, il n'était pas pire que la plupart des autres politiciens, mais certainement pas meilleur, et j'aurais peut-être même voté pour lui.

Mais, que j'aille ou non voter pour lui, je trouvais sa loi catastrophique et j'étais venu m'élever contre elle. Pour moi, c'était la porte ouverte au harcèlement policier des communautés noire et latino — non que les flics aient eu besoin qu'on les y encourage. Rien que l'an dernier, des policiers de Los Angeles avaient été filmés en vidéo à leur insu pendant qu'ils sortaient un Noir de sa voiture et le tabassaient en règle. Son crime avait été de ne pas se garer suffisamment rapidement pour recevoir une contravention pour excès de vitesse. Les porte-parole de la police avaient qualifié cet acte d'incident isolé, mais mes clients me racontaient depuis des années des passages à tabac subis pour « outrage à agent » — selon les termes employés par les avocats de la défense. Je ne pensais pas que ce soit une bonne idée de lâcher les flics sur le moindre gamin noir ou latino un peu impertinent. J'avais écrit un article dans le *Times* sur le sujet et j'avais reçu des appels anonymes de menaces pendant trois semaines.

— Rios.

Je jetai un coup d'œil par-dessus mon épaule. Tomas Ochoa me fonçait dessus. Grand, bedonnant et volontairement sans grâce, il traversait pesamment la salle en forçant les gens à s'écarter. Il s'approcha de moi à me coller : c'était un truc qu'il utilisait avec les gens plus petits que lui pour les forcer à lever les yeux pour lui parler. Je reculai d'un pas.

Ses cheveux poivre et sel encadraient un visage mat et moustachu, aux yeux cachés derrière des lunettes de pilote. Ochoa prêchait la révolution du haut de son estrade dans une université de l'État où il enseignait dans le département des Études latines. Au mur de son bureau était accrochée une affiche jaunie exigeant la fin de l'occupation anglaise de la Californie.

La dernière fois que je l'avais vu, c'était là-bas. Il débattait de la contamination des minorités par le sida. Alors que nous déplorions l'indifférence des leaders politiques des minorités face à la présence du sida dans leurs communautés, Ochoa déclarait qu'il n'affectait que des éléments dont ces communautés n'avaient pas besoin : homosexuels et drogués. Nous ne nous étions pas séparés en bons termes.

J'étais surpris qu'il vienne à moi aujourd'hui.

— Bonjour, Tomas.

— J'ai lu votre article dans le *Times*. Celui où vous défendez les gangs.

— Je ne défendais pas les gangs. Je disais simplement qu'il y a de meilleures manières de régler le problème que de lâcher la police sur eux en lui donnant carte blanche.

— Écoutez, Rios, les gangs sont ce que les barrios ont produit de mieux. Avec un peu d'éducation politique, ils pourraient devenir des guérilleros urbains.

— J'ai affaire à eux constamment, répondis-je.

Ce ne sont pas des révolutionnaires. Ce sont des drogués, des rebuts de la société qui ont l'impression d'exister un peu parce qu'ils se tirent les uns sur les autres.

— Votre solution, alors, c'est de plaider pour les envoyer en prison ?

— La solution, il faut la trouver bien avant qu'ils n'échouent devant moi.

— La solution, dit-il en haussant le ton, est en dehors du système que vous représentez.

Quelques personnes s'étaient arrêtées et nous regardaient. Je répondis à voix basse :

— La seule chose que je représente, ce sont mes clients, Tomas, et je le fais bien.

— Vous représentez quelque chose de bien pire que ça, dit-il en tendant un index menaçant.

— Eh bien, selon vous, le sida règlera la question, répondis-je. Ou bien préférez-vous des camps de concentration comme ceux de Castro ou d'Hitler ?

— Choisissez vous-même, répondit-il en s'éloignant.

Je le regardai disparaître dans une marée de visages bruns et noirs, avec la déprimante certitude qu'il s'était exprimé au nom de la plupart d'entre eux. Quels que fussent leurs désaccords, les races s'unissaient toutes dans le mépris pour ceux de mon espèce. La révolution n'était jamais allée jusqu'aux questions de moralité personnelle.

*
* *

À l'avant de la salle, les sénateurs avaient commencé à prendre place. Je trouvai un siège au moment où la présidente du comité demanda le silence. Pimpante et trop permanentée, elle annonça :

— Cette audience est destinée à encourager le débat public sur la SB 22, proposée par le sénateur Peña d'East Los Angeles.

Elle fut interrompue par un brouhaha dans la salle lorsque la porte derrière s'ouvrit et qu'Agustin Peña entra d'un pas vif, toutes les caméras tournées vers lui. Un assistant tira son fauteuil et il prit place.

— Que le comité veuille bien excuser mon retard. Je souhaiterais faire une déclaration.

— Certainement, Sénateur Peña, dit la présidente. Bienvenue.

— Merci.

Il leva la main par-dessus son épaule. Son assistant lui tendit une liasse de feuilles. Peña les posa devant lui sur le bureau et, l'espace d'un instant, se contenta de contempler pensivement l'assistance. Ses épais cheveux noirs étaient rejetés en arrière, dégageant un long et étroit visage, aux traits marqués et mélancoliques qu'aurait pu peindre le Greco. C'était le visage d'un homme qui avait traversé une épreuve et ne s'en était pas encore remis. Il s'éclaircit la voix et commença à lire.

— Les rues de nos quartiers les plus pauvres sont devenues des champs de bataille.

Près de moi, quelqu'un murmura de façon audible :

— Ouais, elles sont pleines de chauffards ivres.

— Le moment est venu d'agir, continua Peña. De faire comprendre aux voyous que les honnêtes citoyens de nos villes ne toléreront pas...

— Les politiciens alcooliques, chuchota la même voix.

Cette fois, quelqu'un le fit taire.

— ... Leurs armes et leurs drogues, conclut Peña.

La salle s'agitait, attendant qu'il aborde la question de son avenir politique. Il prit le temps de lire tout le discours préparé et termina :

— À présent, avec l'autorisation du comité, je souhaiterais m'adresser aux électeurs présents sur une toute autre question.

La salle se remit à bourdonner et un coup de maillet rétablit le silence.

— Vous avez la parole, Gus, dit la présidente.

— Merci, Charlene. Vous avez toujours été une amie. Au cours des deux derniers mois, j'ai eu l'occasion de voir, réellement, qui étaient mes vrais amis. Je vais demander à quelques personnes de venir me rejoindre. Ma femme, Graciela, et mes deux enfants, mon fils Tino et la jolie Angela.

Tous trois se levèrent du premier rang et rejoignirent gauchement l'estrade où siégeaient les sénateurs. Sa femme était une jolie femme plutôt ronde, qui portait une robe très photogénique en soie rouge et bleue. Elle avait maîtrisé l'expression vaguement béate que Nancy Reagan avait rendue populaire chez les épouses des personnalités publiques. Sa fille adolescente embrassa rapidement son père et battit en retraite derrière lui. Son charmant fils en fit autant, mais il resta à son côté.

Peña se leva en prenant la main de son épouse.

— Voici ce qu'est la vie : une famille aimante, des gens qui restent auprès de vous quoi qu'il arrive. Voici ceux à qui j'ai fait le plus de mal en abusant de l'alcool.

Il marqua une pause dramatique qui fit son petit effet : les appareils-photo cliquetèrent et l'assistance murmura. J'observai sa famille. Les lèvres de sa femme tremblèrent, mais elle garda la même expression. La fille recula davantage encore. Le garçon regardait droit devant lui. Maintenant qu'il était debout, Peña était aussi détendu qu'un présentateur de talk-show qui chauffe sa salle.

— Je sais que certains journalistes s'attendaient à ce que je fasse une déclaration différente aujourd'hui, et je mentirais si je ne vous disais pas que je préférerais vous annoncer ma candidature de maire plutôt que d'avouer que je suis un alcoolique. Cependant, ajouta-t-il en souriant, il faut faire avec. (Le ton avec lequel il avait prononcé cette expression populaire m'apparut plus sincère que la suite.) Mais en agissant ainsi, peut-être que je peux aider quelqu'un d'autre. Tout ce que je peux dire, c'est que j'ai été obligé d'affronter ma faiblesse d'être humain et de me rendre compte que j'ai passé tant de temps à me soucier et m'inquiéter des autres, que je ne me suis pas assez occupé de moi-même. Je sais à présent que le moment est venu de le faire, d'accepter mes responsabilités et mes faiblesses. Mais je dis à ceux qui sont aussi peinés et blessés que moi. (Il passa la main sur l'épaule de son fils et serra de plus belle la main de sa femme.) Je vous le dis : Rejoignez-moi, mes frères et mes sœurs. Nous pourrons réussir. Nous réussirons. Ce sera un voyage difficile et solitaire, mais je tiendrai bon et Dieu me soutiendra. (Il lâcha son fils et sa femme.) Comme vous le savez, j'ai suivi une cure de désintoxication et je crois avoir été guéri de l'alcoolisme. J'ai commencé à soigner mon corps et mon âme.

Regardant les objectifs plutôt que son mari, sa femme prit la parole :

— Gus, le fait que tu avoues que tu as ce problème et que tu le traites, nous a réellement ôté un grand poids. (Elle désigna vaguement les enfants.) Je remercie Dieu que tu aies la force de te rendre compte que tu es vraiment entre Ses mains. Je sais que pour notre famille, ce n'est que le début et que, Tino, Angela et moi, accompagnerons chacun de tes pas.

— Dieu te bénisse, Graciela, dit-il en ravalant des larmes.

À mon grand étonnement, autour de moi, des gens pleuraient aussi.

La présidente donna un coup de maillet.

— Le comité se retire pendant quinze minutes.

Les médias fondirent sur les Peña qui furent assaillis d'éclairs de flash et de questions hurlées. Une vieille femme à cheveux gris assise à côté de moi posa un regard sceptique sur la scène et murmura comme pour elle-même, en espagnol :

— Cet homme n'a aucune honte.

Les caméras étaient parties, tout comme la famille de Peña, quand l'audience recommença et revint à son ordre du jour initial. Peña avait repris son siège et contemplait le défilé des intervenants à travers ses demi-lunes, montrant de moins en moins d'intérêt à mesure que passait la matinée. Il glissa un mot à son voisin en souriant comme un écolier, puis alluma une cigarette, sans prêter attention au panneau d'interdiction de fumer affiché juste derrière lui. Ce visage, celui du législateur qui s'ennuie et sait où se prennent vraiment les décisions, semblait plus authentique que celui du pénitent en larmes.

Pourtant, le discours avait atteint son but. La vieille femme qui s'était indignée était clairement en minorité. Ses électeurs d'East L.A. avaient fait la queue pour lui serrer la main, retardant la reprise du débat pendant près d'une heure.

Tout en l'observant de ma place, je me demandais s'il aurait bénéficié d'un pardon aussi inconditionnel s'il avait été un homme politique blanc. Les politiciens des minorités aimaient se plaindre que les médias attendaient toujours plus d'eux que leurs homologues blancs, mais à l'intérieur de leurs communautés, les comportements les plus scandaleux étaient pardonnés. Il y avait à cela deux raisons : une défiance vis-à-vis de la presse de la part de gens qu'elle négligeait généralement et un puissant besoin de leaders dans des groupes qui en avaient été si longtemps privés. Cependant, si j'analysais ce que Peña avait réellement dit pour sa défense, ce n'était jamais qu'une déclaration suffisante sur le fardeau qu'était pour lui sa fonction. Il n'avait pas dit qu'il avait tué quelqu'un et encore moins exprimé le moindre remords. Il déplorait simplement le coup porté à sa carrière. J'aurais pu lui pardonner sa faiblesse humaine, mais pas cette arrogance. Le temps qu'on appelle mon nom, ma colère avait eu le temps d'enfler.

— Sénateurs, mesdames et messieurs, commençai-je, je ne crois pas que quiconque disconviendra du problème croissant de la violence des gangs dans les quartiers les plus pauvres de cette ville. Cependant, cette loi ne résoudra pas le problème. Elle le fera empirer. Cette loi donne carte blanche à la police pour venir arrêter des jeunes simplement à cause du choix de leurs vêtements ou de leurs amis, ou simplement parce que leur tête ne revient pas aux policiers.

— Excusez-moi, coupa Peña. Vous êtes avocat au pénal, n'est-ce pas, M. Rios ?

— C'est exact, Sénateur.

— N'est-il pas vrai que vous avez déjà défendu des membres de gangs ?

— Qu'est-ce que cela sous-entend ?

Il se pencha en avant, surpris par mon âpreté.

— Eh bien, M. Rios, je ne crois pas que quiconque soit surpris de vous entendre tenir un tel discours.

— Je défends les criminels, Sénateur, mais je n'en

suis pas un moi-même. Pouvez-vous déclarer la même chose ?

Un silence tomba sur la salle. Peña hocha lentement la tête comme s'il venait de me jauger, mais je vis qu'il cherchait une réponse qui ne le fasse pas passer totalement pour un hypocrite.

— Je suppose que je vais devoir m'habituer à ce genre de propos ordurier, dit-il.

— Une accusation d'homicide pèse sur vous, Sénateur. Ce n'est pas un propos ordurier, c'est un fait.

— Mes problèmes personnels n'ont rien à voir avec cette audience, répliqua-t-il.

— Ni le fait que je sois un pénaliste, rétorquai-je. Aussi, si vous voulez bien cesser d'invoquer ma carrière, je m'abstiendrai de parler de la vôtre.

Avec un haussement d'épaules méprisant, il se radossa et entreprit de fixer le plafond. Je terminai mon intervention et quittai le podium en voyant Tomas Ochoa me faire un clin d'œil approbateur. Sans relever, je gagnai la sortie. J'entendis quelqu'un courir pour me rattraper. Je me retournai. C'était l'assistant de Peña.

— Le sénateur Peña souhaiterait vous parler un instant, dit-il, hors d'haleine.

— De quoi ?

— Je l'ignore, mais il vous attend.

Curieux, je rebroussai chemin et suivis l'assistant qui me mena dans une petite antichambre derrière la salle. Peña était appuyé au mur et fumait. En me voyant, il jeta sa cigarette, l'écrasa et me tendit la main avec un grand sourire.

— Henry, me dit-il, quel plaisir de vous revoir ! (Je dus avoir une expression perplexe, car il se hâta d'ajouter :) L'an dernier, au dîner du MALDEF. Vous étiez avec Inez Montoya.

— Mais oui, dis-je, me rappelant qu'il avait fait des politesses à la table de Montoya, la conseillère municipale.

— Vous ne m'avez pas ménagé, là-bas, dit-il en agitant gentiment l'index.

— Vous le méritiez.

Il posa sa main sur mon épaule et la malaxa de ses gros doigts. C'est pour la galerie, Rios. Ça n'a rien de personnel.

— Au vu des circonstances, Sénateur, c'est une remarquable preuve de cynisme de votre part.

Il enfonça encore ses doigts dans mon épaule.

— Henry, faisons une trêve, d'accord ?

— Mais oui, dis-je.

— Écoutez, nous laisserons la justice décider si ma loi est constitutionnelle. Ce n'est pas de cela que je voulais vous parler.

— Ah bon ?

Il lâcha mon épaule, alluma une autre cigarette et congédia son assistant d'un signe de tête.

— Je me suis bien foutu dans la merde à Sacramento, Rios. J'ai tué un homme, mais j'ai fait du mal à d'autres gens. (Son long visage prit une expression lointaine et peinée.) Et je continue. J'ai lu cet article sur vous dans le *Times*, continua-t-il. Vous avez connu cela aussi.

Il faisait référence à mon portrait paru quelques mois plus tôt dans le journal sous le titre « Le chevalier gay champion des marginaux ». Le journaliste avait fait des recherches exhaustives et avait laissé ma sœur décrire notre enfance sinistre, sans oublier mes séjours dans les cliniques de désintoxication et le fait que mon amant était séropositif. Il semblait considérer ces éléments comme des preuves de ma sainteté. Après l'avoir lu, j'avais eu envie de changer de nom et de déménager dans un autre État.

— Le journaliste cherchait un héros, dis-je.

— Et moi un ami, dit Peña. Quelqu'un qui sache ce que c'est de décevoir tous ceux qui comptent sur lui.

— Je sais ce que c'est de se décevoir soi-même.

— Oui, bon... (Il souffla un ruban de fumée.) C'est le plus humiliant, n'est-ce pas ? Je suis devenu quelqu'un en partant de rien, Rios, tout comme vous. Bien sûr, j'ai commis des erreurs en route, mais il n'y avait personne pour me dire comment bien agir. Mais j'ai presque toujours réussi malgré tout, dit-il en se frappant la poitrine. Sauf ce qui m'est arrivé là-haut dans le Nord. Je ne comprends pas.

— Qu'est-ce que vous ne comprenez pas, Gus ?

— Comment j'ai pu perdre le contrôle de moi-même. C'est vrai, enfin : contrôler, c'est ce que je fais le mieux.

— Contrôler, c'est une illusion, Gus. Quand on naît, c'est comme si on vous jetait d'une falaise.

S'agripper aux pierres qui tombent en même temps ne vous empêche pas de continuer votre chute. Ça l'accélère, c'est tout.

— À quoi bon, alors, puisqu'on s'écrase toujours au bout du compte ? sourit-il tristement.

— On peut toujours apprendre à voler.

Il écrasa sa cigarette sur la paroi de marbre derrière nous.

— C'est ce que vous faites ?

— Je ne m'accroche pas aux pierres.

— Vous êtes un type bien, Rios. Je peux vous appeler, un de ces jours ?

— Bien sûr, dis-je en lui donnant ma carte de visite et en prenant le temps d'y griffonner mon numéro personnel.

Il l'examina, la glissa dans son portefeuille et me donna une tape dans le dos.

— Priez pour moi.

Je le regardai retourner dans la salle d'audience, honteux de m'en être ainsi pris à lui en public, mais pas tout à fait convaincu de ne pas avoir été ingénieusement manipulé.

2

Il était presque midi quand je quittai l'hôtel de ville. D'une cabine, je téléphonai à ma secrétaire, Emma Austen, et rappelai ceux qui m'avaient laissé des messages. Cela fait, comme il me restait encore une heure avant une audience au tribunal pénal, juste en face de l'hôtel de ville, j'appelai Josh chez nous pour qu'il vienne me rejoindre au déjeuner. Je n'eus droit qu'à sa voix sur notre répondeur, me demandant de laisser un message. Je raccrochai.

À une époque, le déroulement de ses journées m'était aussi familier que les miennes. Là, je restai un moment à me demander où il pouvait bien être. Comme c'étaient les vacances de printemps de l'UCLA, je savais tout au plus qu'il n'était pas en cours. Je me dirigeai vers une sandwicherie située dans la galerie marchande du centre social. Il faisait chaud et brumeux. Seuls les jacarandas en fleurs qui ruisselaient de boutons violets sur les trottoirs sales annonçaient le printemps.

En chemin, je passai devant une librairie. Dans la vitrine était exposé un livre intitulé : *Vœux : Les Clés du succès du couple*. Je m'arrêtai pour lire la jaquette, qui promettait de nouvelles solutions aux vieux problèmes conjugaux. Et quand l'un des deux a une maladie mortelle et pas l'autre ? Chaque fois que le taux de cellules T4 de Josh baissait, je le sentais s'éloigner de moi, se réfugier auprès de ses amis d'Act Up et son groupe de parole de séropositifs. Josh était devenu un guérillero du sida qu'agaçait ma prudence. Rien que ce matin, alors que nous nous chamaillions sur l'opportunité d'*outer*[1] les politiciens gays qui se cachaient, il m'avait rétorqué : « Voilà bien des paroles de séronéga », comme si être séronégatif était un défaut de caractère.

Nos disputes n'étaient plus des désaccords intellectuels. Il avait adopté concernant le sida une attitude manichéenne – c'était « nous contre eux » – et plus sa santé l'angoissait, plus il était vindicatif. Nos querelles auraient été moins féroces si nous avions pu parler de cette angoisse, comme autrefois, mais il avait jugé que même cela, ou peut-être surtout cela, était au-delà de ma compréhension. Je réagissais par la colère à force d'être traité en ennemi par l'homme avec qui j'avais partagé ces cinq dernières années.

J'entrai acheter le livre et dus subir le regard compatissant du vendeur qui le glissa dans un sac.

1. Litt : sortir du placard.

Tout en grignotant un sandwich mou au jambon, je le feuilletai. N'y trouvant rien d'intéressant, je le rangeai dans mon attaché-case et partis au tribunal, unique endroit dont je connaissais les règles.

J'arrivai quelques minutes en retard. L'adjoint au procureur, un homme agréable du nom de Kelly Miller, interrompit sa conversation avec le greffier :

— Votre gamin n'est pas venu, Henry.

Mon « gamin », c'était Jimmy Dee, vingt et un ans, homosexuel, surnommé *Délit* dans le milieu — et des délits, il en avait commis à la pelle. C'était un beau Noir au sourire lumineux, au charme indéniable, avec un casier de quatre pages pour racolage, vols et une passion romantique pour l'héroïne. Son dernier petit copain, un homme beaucoup plus âgé, l'avait fait arrêter parce qu'il le volait pour assouvir sa toxicomanie. Après de pénibles négociations, j'avais persuadé l'homme, Miller et le juge de laisser *Délit* plaider la violation de propriété à la condition qu'il entre en désintoxication. Cette audience était destinée à lui permettre de fournir la preuve qu'il avait trouvé une place quelque part. On lui donnait une chance, je le lui avais répété à la moindre occasion. À chaque fois, il me faisait son petit sourire et répondait : « Je sais, M. Rios, je sais. Dieu vous a mis sur mon chemin. »

— Il n'est pas en retard à ce point, dis-je.

— D'un quart d'heure. (La juge Patricia Ryan sortit de son bureau en arrangeant sa lavallière par-dessus sa robe noire. C'était une noire élégante qui connaissait bien le ghetto.) Je ne sais pas pourquoi je me suis laissé convaincre, Henry. J'aurais dû faire incarcérer votre client menottes au poignet.

Elle plaisantait, mais je la sentais irritée.

— L'affaire n'aurait pas tenu sans ce compromis, dis-je. Son petit copain ne veut surtout pas que cela se sache. Il n'aurait pas voulu témoigner.

— Votre gamin avait tout avoué aux flics, Henry, dit Miller. Je pouvais le faire condamner sur sa déposition.

— Les jurés ne tiennent plus compte des aveux d'un accusé noir, ces derniers temps, à L.A., répondis-je.

— Épargnez-nous cela, messieurs, intervint la juge. Je vais faire rédiger un mandat d'arrêt.

— Attendez, madame la juge. Acceptez-vous de lui accorder un délai d'une journée ? Je vais aller à sa recherche.

— Nous lui avons déjà donné toutes les chances, s'étonna-t-elle.

— Donnons-lui-en une de plus.

— M. Miller ? demanda-t-elle.

Kelly haussa les épaules.

— Pourquoi pas ? Je me doute bien qu'Henry n'est pas payé pour ces heures supplémentaires.

— OK, dit-elle en prenant place sur l'estrade. *État contre Dee*. L'accusé n'est pas présent à l'audience. Je fais rédiger un mandat d'arrêt qui sera lancé demain matin. Bonne chance, M. Rios.

— Je vous remercie, Votre Honneur.

Je rappelai Josh d'une cabine dans le hall. Il était à la maison. Je lui expliquai que je partais à la recherche de Dee et que je rentrerais tard.

— Je ne serai pas là, de toute façon. Il y a une manif' d'Act Up devant chez Antonovich, dit-il, faisant allusion à un conseiller du comté particulièrement réactionnaire.

— Merci de me prévenir.

— Je ne peux pas tout te dire.

Voilà qui expliquait son absence mystérieuse lorsque j'avais appelé un peu plus tôt.

— C'est une manifestation légale ou bien va-t-il falloir que je paie la caution pour te faire sortir de prison ?

— Le pire qui puisse nous arriver, répondit-il calmement, c'est de rester en garde à vue jusqu'au lendemain.

— Je préférerais que tu ne te fasses pas arrêter.

— Tu t'inquiètes pour ton image ?

— Je m'inquiète pour ta santé.

— Ce n'est pas ton problème, répliqua-t-il sèchement.

Je respirai un bon coup.

— Dans ce cas, Josh, fais ce que tu veux.

— Je vais me gêner, répondit-il en raccrochant brutalement.

Je rappelai aussitôt, mais la ligne resta occupée un long moment. Je finis par renoncer.

Huit heures plus tard, je me garais en compagnie de mon enquêteur, Freeman Vidor, sur le parking du

Santa Monica Motel, à West Hollywood. C'était un bâtiment en plâtre, de deux étages, plutôt quelconque, coincé sur un petit terrain en retrait du boulevard, non loin des bars gays. Le genre d'endroit où l'on trouve toujours une chambre.

— C'est ici ? demanda Freeman.

— Oui, c'est sa dernière adresse connue.

Nous descendîmes de voiture et entrâmes dans la réception faiblement éclairée. Du comptoir, une Asiatique nous regarda arriver avec appréhension.

— Oui ? fit-elle.

Freeman sortit une photo judiciaire de Dee et sa carte de détective privé.

— Nous recherchons ce gamin.

— Police ? demanda-t-elle en examinant la carte à la lumière.

— Je suis un privé, dit-il. Lui, c'est M. Rios, l'avocat du gamin.

Elle considéra pensivement mon costume bleu franc comme pour essayer d'en savoir plus.

— Nous ne sommes pas venus vous causer des ennuis, dis-je. Il se fait appeler *Délit*. Il doit comparaître au tribunal demain matin.

Nous la laissâmes peser le pour et le contre. L'air conditionné bourdonnait bruyamment. Malgré les brochures publicitaires en papier glacé pour le voyagiste Gray Lines et Disneyland qui trônaient sur le présentoir d'une table dans le coin, je doutais que cet endroit attire ce genre de clientèle.

— Chambre 23, dit-elle d'un ton las. Enfoncez pas la porte.

La chambre de Dee était à l'étage. Je frappai plusieurs fois, puis je l'appelai. Je tentai d'ouvrir. C'était fermé à clé.

— Il va falloir demander les clés à la fille, dis-je.

— Allez admirer le paysage, dit Freeman.

Je m'appuyai à la balustrade et contemplai les voitures défiler sur le boulevard. Un blond au volant d'une jeep roulait à petite vitesse, un tube disco des années soixante-dix à fond sur son autoradio. Ah, la drague, songeai-je, me rappelant les nuits passées dans des bars de San Francisco à écouter cette même chanson tout en m'imbibant d'un peu de courage. Ou plutôt de beaucoup. La plupart du temps, je rentrais seul en titubant pour reprendre le train du lycée. De temps en temps, quelqu'un me ramassait, ou bien c'était moi qui le ramassais, et je me retrouvais à m'activer laborieusement dans le lit d'un inconnu pendant quelques heures, essayant de m'échapper de mon corps au contact du sien. Je m'imaginais que je m'amusais, et c'était parfois le cas, mais cela n'arrivait pas assez souvent.

Le temps d'achever mes études de droit, et j'avais pris l'habitude de boire seul chez moi. J'ai continué pendant une dizaine d'années à boire et travailler. Quand je diminuais ma consommation, je devenais l'ombre de moi-même, une sorte d'alcoolique, mélancolique, capable de travailler seize heures par jour. Désormais, je ne travaillais plus autant et quand j'étais malheureux, c'était généralement pour une bonne raison. Je l'étais, en cet instant, en regardant le blond draguer et en me demandant avec qui Josh me trompait. L'idée me taraudait depuis quelques mois, mais c'était seulement maintenant, alors que je me trouvais au cœur du quartier gay, que tout se mettait en place : ce côté évasif que je ne lui connaissais pas, ses réponses vagues concernant ses occupations et son emploi du temps. Ce n'était pas moi qui avais perdu Josh de vue — c'était lui qui se cachait.

— Henry.

Je me retournai. Freeman avait ouvert la porte.

Nous entrâmes dans la pénombre de la chambre.

— Délit ? appelai-je. (Un filet de lumière filtrait sous la porte du fond. J'allai frapper.) Jimmy ? Tu es là ?

Comme personne ne me répondait, je poussai la porte.

— Oh, merde, murmura Freeman.

Jimmy Dee était nu, affalé sur le siège des toilettes, la tête inclinée d'une manière qui aurait été vraiment très douloureuse s'il avait été en vie. Une seringue était encore enfoncée dans son bras. La bouche ouverte, il fixait au plafond une tache qui avait la forme de l'Afrique.

— Descendez appeler la police, dis-je à Freeman en refermant la porte.

Quand il fut parti, je fis de la lumière et inspectai la chambre. Les vêtements de Dee étaient empilés au pied du lit défait. Un billet de vingt était posé sur la table de chevet, le salaire de sa dernière passe, sans doute. Sur la commode reposaient des paperasses. Je les examinai, trouvai ma carte, des numéros de téléphone et une enveloppe adressée à la Juge Ryan, avec comme adresse d'expéditeur le SafeHouse, le même centre de désintoxication que Gus Peña. Je la fourrai dans ma poche.

*

* *

Josh avait laissé la fenêtre de la cuisine ouverte et il flottait dans la pièce le léger parfum de l'anis sauvage qui poussait en contrebas sur la colline. Il n'était pas là. Je me servis un verre d'eau, m'assis à la table et sortis l'enveloppe. Elle contenait une lettre d'Édith Rosen, psychologue, attestant que Dee devait entrer le lundi suivant au SafeHouse, soit dans trois jours.

— Petit con, m'exclamai-je.

En réalité, j'éprouvais plus de peine que de colère. Dans le cadre professionnel, j'avais l'habitude de perdre, mais j'étais convaincu d'avoir remporté une petite victoire avec Dee.

Seulement, il faut dire que j'avais une faiblesse pour les junkies, pour leur charme vaincu et impuissant. Bien sûr, je n'étais pas dupe. Mon combat contre la bouteille m'avait enseigné de première main tout ce qu'il faut savoir sur la dépendance. Les alcooliques et les junkies ont tous un gouffre béant dans le ventre qui aspire la panique comme une boîte de Pandore à l'envers, sauf si on le remplit d'alcool ou de drogue. Et au bout du compte, même cela finit par ne plus fonctionner et quand la panique se déchaîne, la seule solution est de mourir. Parfois, comme pour Dee, la mort, c'est tout ce qui reste, et parfois, comme pour moi, on a droit à un répit, mais il n'y a aucune logique à cela. Même quand on survit, la panique est toujours là. Elle ne diminue que lorsqu'on commence à voir ce qu'elle est réellement : la longue chute de ténèbres en ténèbres, et on cesse de se battre.

En cet instant, je la sentais qui me tirait par la manche, en brandissant l'image de Dee dans cette sinistre salle de bains d'un motel, me rappelant toutes celles où je m'étais retrouvé, titubant, frôlant moi-même la mort. Et comme si cela ne suffisait pas, elle me demanda, certaine du résultat : « Où est Josh ? » Je me levai et allai dans la chambre, allumai la lumière et m'étendis sur le lit, encore défait. Un livre était à moitié enfoui dans les draps, l'édition de poche de *Borrowed Time*, l'émouvant récit de Paul Monette sur son amant décédé du sida. Josh était en train de le lire.

Il était 11 heures passées. La manifestation devait être terminée, à présent.

Je me redressai, cherchai à tâtons la télécommande et allumai la télé posée au pied du lit. Je zappai sur les informations locales, cherchant un compte-rendu de la manifestation d'Act Up. Je tombai en fait sur Agustin Peña, debout devant la salle du conseil municipal, le bras sur l'épaule de son fils, contemplant son père avec un regard qui en disait long sur toutes les trahisons qu'ils avaient vécues.

— J'ai toujours été fier de mes enfants, disait Peña, et à présent, je veux qu'ils puissent en dire autant de moi.

Le jeune Peña ne semblait pas en croire un mot.

En les voyant, je songeai à mon père, à la fierté et aux trahisons. J'éteignis la télé, me déshabillai et me couchai, prêt à passer une longue nuit.

— Comment était la manifestation ? demandai-je le lendemain matin en me servant une tasse de café pendant que mon bagel grillait. Je dormais quand Josh était rentré. En me réveillant à côté de lui, mon visage contre son dos nu, j'avais senti l'odeur d'un autre homme sur son corps.

Hirsute et la paupière lourde, il vint s'asseoir, en caleçon, et mélangea un assortiment de vitamines liquides dans son jus de cranberry biologique.

— C'était génial, Henry. Les flics portaient des gants en plastique et des casques. Ça se voyait qu'ils étaient morts de trouille qu'un de nous les morde.

— Il y a eu des arrestations ?

Il termina de préparer son cocktail holistique.

— Non, comme les flics nous ont dit qu'Antonovich n'était même pas en ville, on s'est barrés au bout d'une heure.

Le grille-pain émit un déclic et je pris mon bagel.

— Qu'est-ce que tu as fait après, alors ? demandai-je de mon ton le plus dégagé, tout en le beurrant.

— J'ai reconduit Steven chez lui, dit-il en faisant le même effort. On a discuté un moment. Tu as trouvé ton client ?

— Oui, finalement, dis-je en me rasseyant. Dans une chambre de motel du quartier gay. Il était mort.

— Assassiné ? demanda-t-il en reposant son verre.

— Overdose.

— Je suis désolé, Henry. Je sais que tu l'adorais.

— Pas autant que je t'adore toi, Josh, dis-je en mordant dans mon bagel.

Il but une gorgée de son jus et je vis sa mâchoire se contracter pendant qu'il pesait sa réponse.

— Comment ça, Henry ?

— C'est qui, Josh ? Avec qui tu couches ?

— Steven, répondit-il aussitôt.

Je revis ces derniers mois. Notre maison était devenue une sorte de club d'activistes et souvent, quand je rentrais, je tombais au beau milieu d'une réunion animée dans le salon. Josh m'avait présenté plusieurs des personnes qui y assistaient, mais tous ces visages flous se brouillaient pour n'en former qu'un seul, jeune, excité, en colère.

Steven ?

C'est alors que je le vis. Un peu plus grand que Josh, de ma taille, musclé, beau gosse. Pas l'un des plus bavards, mais on l'écoutait quand il prenait la parole. Josh m'avait dit un jour que c'était un des séropositifs les plus anciens du groupe : cela faisait huit ans qu'il l'était.

— Ça fait un moment que je voulais te le dire, mais on se voit tellement peu, maintenant..., disait Josh.

— Tu es en train de me dire que tu couches avec parce que je te néglige ?

— Non. C'est parce que je suis amoureux de lui.

— Tu es sûr que ce n'est pas de sa séropositivité que tu es amoureux ? (Il me fixa, d'abord incrédule, puis furieux.) Pardon, Josh. Ce n'est pas ce que je voulais dire.

— Si, c'est ça, dit-il en se levant.

Il sortit de la maison. J'entendis la voiture démarrer. Il n'était pas prêt de revenir.

3

Je laissai à Josh une longue lettre d'excuses et partis au travail. En chemin, je décidai de m'arrêter au SafeHouse, pour informer Édith Rosen que Jimmy Dee n'aurait finalement pas besoin d'un lit. J'avais aussi l'intention de saluer Chuck Sweeny, fondateur et directeur du centre, avec qui j'avais siégé au comité local contre l'alcoolisme. À la fin de mon mandat, il m'avait demandé de ne pas perdre le contact, mais je n'avais jamais tenu ma vague promesse de passer le voir. J'y étais presque arrivé quand je me rendis compte que la vraie raison de ma visite, c'était que j'avais l'impression d'être un monstre après ce que j'avais dit à Josh et que je cherchais à faire une bonne action en guise d'expiation.

Le SafeHouse était situé au fond d'un des canyons du vieil Hollywood, dans une rue très fréquentée et bordée de palmiers. Au-dessus du canyon, les anciennes résidences de stars avaient été démolies par les nouveaux riches, qui préféraient des nids d'aigles moins ostentatoires, mais en bas, dans Cahill Court, les bâtiments avaient encore leur ancienne splendeur : villas italiennes démesurées et châteaux normands se dressaient derrière des murs, des clôtures et d'immenses pelouses.

Le SafeHouse était l'ancienne demeure d'une star de cinéma des années quarante qui avait noyé sa carrière dans l'alcool. Quelques années avant sa mort, il avait été ramené à la sobriété par Chuck Sweeny, ex-alcoolo autoproclamé que l'acteur avait rencontré dans une réunion des Alcooliques Anonymes dans un quartier mal famé. En reconnaissance, l'acteur avait légué à Chuck son immense résidence, en exigeant qu'elle soit transformée en centre de désintoxication.

Les voisins avaient été horrifiés, mais Sweeny avait tenu bon contre les comités et les bureaucrates obtus jusqu'à ce que le SafeHouse devienne réalité. Les voisins continuaient de se plaindre. Heureusement pour Chuck, les années soixante et la drogue arrivèrent. Audacieusement, Chuck avait annoncé qu'il accueillerait également les drogués dans son centre. Ce qui lui avait valu la condamnation des traditionalistes des Alcooliques Anonymes, pour qui drogues et alcool étaient des univers bien distincts. Mais la prescience de Chuck avait payé, et largement. Dix ans plus tard, les enfants de ses riches voisins se mettaient à la drogue, y sombraient et se retrouvaient à avoir besoin de lui. Son travail dans les cercles riches et célèbres avait fait du SafeHouse une clinique chic bien avant que Betty Ford ait bu son dernier verre.

À strictement parler, le SafeHouse était plus une maison qu'un centre de désintoxication. Ses résidents signaient pour un programme de trois mois dont l'objectif était de les réinsérer socialement. Il n'y avait aucun personnel médical, juste des conseillers, dont bon nombre étaient d'anciens pensionnaires. D'après ce que je savais, en ayant parlé à Chuck et à d'anciens pensionnaires, la sobriété y était appliquée par un ensemble de règles qui couvraient chaque instant de la vie quotidienne, des réunions de groupe et des examens sanguins réguliers.

Tout cela était cohérent avec la devise de l'établissement : « Un endroit dur pour les durs », et reflétait la personnalité de son fondateur. Chuck Sweeny était manipulateur, inflexible, égoïste et extrêmement efficace.

*
* *

Un haut mur de briques séparait la maison de la rue. Je me garai devant et remontai l'allée. C'était un véritable délire de pignons, mansardes, cheminées, tourelles et baies sur trois étages, avec une véranda à colonnes corinthiennes qui en faisait tout le tour. De quoi s'attendre à voir surgir Morticia Addams à une fenêtre. Un jeune homme aux bras maigres griffés de marques tondait la pelouse. Sur la porte, un panneau disait : « Tu es chez toi ».

Dans l'entrée, une jeune Noire lisait le gros livre des Alcooliques Anonymes.

— Bienvenue au SafeHouse, monsieur, récita-t-elle avec application. Que puis-je pour vous ?

— Je voudrais voir Édith Rosen.

— Mme Rosen n'est pas encore là, dit-elle après avoir consulté un registre. Voulez-vous l'attendre ?

Elle souriait bêtement. C'était manifestement une pensionnaire qui faisait de son mieux pour avoir l'air normal. Je connaissais ça.

— Chuck est là ?

— Oui, il est là, monsieur, mais il faut un rendez-vous.

— Peut-être qu'il acceptera de me recevoir une minute si vous lui dites qui je suis, répondis-je en lui tendant ma carte.

Elle la lut et appela une ligne intérieure.

— Un certain Henry Rios souhaiterait vous voir. (Elle me fit un sourire gêné.) Oh, OK, je vous l'envoie. (Elle raccrocha.) Continuez tout au bout du couloir, passez la salle à manger, et vous trouverez son bureau.

— Merci de votre aide.

— C'est moi qui vous remercie, dit-elle chaleureusement.

Tout au bout du couloir, c'était fort loin. La façade rococo de la demeure était trompeuse, quand on voyait l'aménagement intérieur. Les murs étaient tous peints de la même couleur crème jaunissante et portaient de longues listes rédigées à la main des règles maison, ainsi que des messages à méditer du genre « Une chose après l'autre » et « Ne partez pas cinq minutes avant le miracle », en écriture gothique sur parchemin. L'endroit empestait le tabac froid. Les nombreuses pièces semblaient occupées par des gens absorbés à des tâches mystérieuses. Dans la salle à manger, un homme d'âge mûr leva le nez de la table qu'il enduisait d'encaustique et me considéra d'un regard vide. Une fille assise dans une cabine téléphonique chuchotait en gloussant. De derrière une porte close me parvinrent des cris, puis des pleurs.

Je poussai une porte où était inscrit « ADMINISTRATION » et me retrouvai dans une grande salle où plusieurs personnes s'affairaient à des bureaux, près de classeurs à tiroirs ou répondaient au téléphone. Au-delà, par une embrasure, j'aperçus Chuck Sweeny qui lisait, assis derrière un bureau cabossé.

— Salut, Chuck, dis-je.

Il leva le nez et me scruta par-dessus ses lunettes. Une touffe de cheveux gris surmontait une trogne rougeaude d'ivrogne. Ses longs bras maigres couverts de taches de vieillesse dépassaient de ses manches retroussées. La chemise était ouverte et quelques poils gris surgissaient de l'encolure d'un T-shirt jauni. Chuck avait l'air de quelqu'un qui a dormi dans les rues de tous les bas-fonds de Seattle à San Diego.

— Henry R., dit-il en me rabaissant du rang d'avocat à celui d'alcoolique. Entre, entre, entre.

— Quelle baraque ! dis-je.

— C'est la première fois que tu viens ? demanda-t-il, incrédule.

Coupable, je repensai à la promesse de visite jamais tenue.

— Hélas oui.

— Jamais comme pensionnaire ? demanda-t-il, le regard pétillant.

— Pas encore.

— Eh bien, espérons que ce ne sera jamais. Alors, tu veux visiter ?

— En fait, c'est une visite professionnelle. L'un de mes clients devait s'installer ici lundi, mais il ne pourra pas venir. Il est mort d'une overdose hier soir.

— Dommage, dit-il vivement. Dommage.

— Il était en possession d'une lettre d'Édith Rosen.

— Ah, Édie. Tu viens de lui parler ?

— On m'a dit qu'elle n'était pas là. Elle est psychologue, n'est-ce pas ?

— Conseillère conjugale, familiale et juvénile, répondit-il, sardonique. Ça couvre tous les domaines.

— Je ne savais pas que tu avais des professionnels, ici.

— Les temps changent, et nous avec.

— Quoi qu'il en soit, mon client s'appelait James Dee.

Il griffonna.

— Écoute, Henry, puisque tu es là, je me demandais si on n'aurait pas pu discuter d'un petit problème légal.

— Bien sûr. Ça a un rapport avec le centre ?

— Ferme la porte, si tu veux bien. (Je tendis le bras et la poussai.) Peut-être, peut-être. C'est ce que j'espère que tu pourras me dire. Voici la situation. Vois-tu, l'un de nos pensionnaires, un petit mec un peu excité, enfin, c'est un patient d'Édie, lui aurait dit qu'il avait l'intention de tuer un autre pensionnaire – un ex-pensionnaire, plus précisément. Il est sorti la semaine dernière. Tu me suis ?

— Parfaitement.

— Bien, bien. Donc, ce petit mec profère des menaces, et je l'apprends.

— De la bouche de la psy ?

— J'en ai entendu parler, continua-t-il, et bien sûr, ça me soucie, un petit peu, en tout cas. C'est vrai, merde, Henry, les gens menacent constamment de s'entretuer, ici, mais ce type, eh bien, il n'a pas l'air de vouloir ce que nous pouvons lui offrir.

— Que veux-tu faire, exactement ? L'expulser ?

— Eh bien, c'est là que tu interviens, Henry. Tu vois, je veux le virer, mais ça fait de la paperasse. (Il fouilla dans une pile de documents.) Apparemment, je dois motiver cette expulsion, dit-il, caustique. Pour l'État, parce que c'est la collectivité qui nous finance, à présent. Mais Édie me répond qu'elle ne peut rien répéter des déclarations du gamin, parce qu'il y aurait de nos jours une clause de confidentialité entre patients et conseillers, le même genre qu'avec les prêtres – ou les avocats, ajouta-t-il avec un clin d'œil. Mais ça n'est pas normal, non ? Enfin, il a menacé de tuer l'autre, tout de même.

— Il y a bien secret professionnel dans le cadre de la relation conseiller-patient, dis-je, mais ce n'est pas absolu. Dans certains cas, le thérapeute a le devoir d'alerter un tiers si l'un de ses clients a menacé cette personne. Sinon, il risque d'être poursuivi en justice au cas où quelque chose arriverait.

— Exactement, dit Chuck, oubliant ses manières de vieux hippie. C'est *exactement* ce que je lui ai dit, en précisant que ça pouvait nous conduire à la faillite. Mais elle refuse de coopérer. Peut-être que si tu lui parlais, toi...

— Chuck, le secret professionnel ne s'applique pas si quelqu'un d'autre que le patient et le thérapeute est au courant de la menace. Tu le sais. Pourquoi n'expulses-tu pas le gamin ?

— J'ai besoin du soutien d'Édie, répondit-il tristement. Allons la voir. Ça ne te prendra qu'une minute.

Nous la retrouvâmes dans un vaste placard sous l'escalier qui lui servait manifestement de cabinet. Un petit bureau métallique posé au milieu laissait assez de place pour accueillir son siège et un classeur à tiroirs. Son téléphone était branché à une prise située dehors. La seule lumière était fournie par une ampoule nue qui pendait du plafond et on entendait le moindre pas dans l'escalier. Un unique fauteuil coincé contre le mur faisait face à son bureau, obligeant son éventuel occupant à écarter les jambes pour s'y glisser. Sur le coin de la table, une rose blanche se dressait dans un vase.

— Édie, dit Chuck, je voudrais vous présenter un vieil ami, Henry Rios, l'avocat. Vous avez probablement entendu parler de lui.

Édith Rosen était une petite quinquagénaire dodue. Son visage quelconque semblait calme, mais ses yeux gris étaient circonspects et sa voix tendue.

— Excusez-moi, je n'ai jamais entendu parler de M. Rios. Il y a un problème ?

Je décidai que le mieux était de me dissocier de Chuck, qu'elle n'appréciait visiblement pas.

— Je suis passé vous annoncer que Jimmy Dee était mort d'une overdose hier soir.

Je lui tendis la lettre qu'elle lui avait écrite. Elle la regarda, puis leva les yeux vers moi.

— *Délit ?*

— Je l'ai trouvée dans sa chambre. Comme il n'était pas à l'audience hier, je suis allé voir chez lui.

— Ah, dit-elle. Le pauvre. C'était votre client ?

— Oui.

— Je suis vraiment navrée. (Elle retourna l'enveloppe et murmura :) *Délit...*

— Je vous remercie de l'avoir rédigée.

— Il m'avait dit : « Dieu vous a mise sur mon chemin », dit-elle avec un sourire las.

— Oui, il aimait beaucoup invoquer Dieu.

— Peut-être que Dieu lui a répondu, fit Chuck.

Elle reposa l'enveloppe sur son bureau.

— Le vôtre, peut-être, Chuck. (Puis à moi :) Chuck fait partie de ces fondamentalistes des Alcooliques Anonymes qui pensent qu'on est mieux mort qu'alcoolique ou drogué.

— Je ne connais aucune circonstance qui soit pire que la mort, dis-je.

Ma réponse lui plut.

Chuck s'éclaircit la voix.

— Henry voudrait vous parler d'autre chose aussi, Édie. Le problème dont nous avons discuté hier.

— En fait, Chuck, me hâtai-je de préciser, c'est toi qui me l'as demandé.

— Je sais, je sais, et merci de t'en charger. Discutez tous les deux, d'accord ? Je retourne à mon bureau.

Et il déguerpit, me laissant face à une Rosen manifestement irritée.

— Puis-je m'asseoir ? demandai-je.

— Faites.

Je m'installai comme je pus.

— L'idée ne vient pas de moi, Édith.

— Que vous a-t-il raconté ?

— Que l'un de vos patients en avait menacé un autre de mort et qu'il voulait l'expulser, mais qu'il avait besoin de votre appui et que vous avez refusé.

— Vous a-t-il dit pourquoi ? demanda-t-elle du même ton inébranlable.

— Le secret professionnel.

— Non, je voulais dire : vous a-t-il expliqué pourquoi il avait besoin de mon appui ?

— Non.

— Parce qu'il l'a appris en fouillant dans mes dossiers en mon absence.

— Je vois, dis-je. Je me demandais pourquoi il ne se passait pas de vous pour l'expulser, étant donné qu'il semblait que le sceau du secret professionnel avait déjà été brisé.

— On le brise si on décide de parler, dit-elle. Pas en fouillant dans les dossiers d'un thérapeute.

— Pourquoi Chuck aurait-il agi ainsi ?

— Regardez autour de vous, M. Rios, dit-elle en balayant des yeux la minuscule pièce. Ce n'est pas un hasard si je suis ici. Le conseil d'administration a forcé Chuck à m'engager parce que l'État l'exigeait s'il devait continuer à dispenser un financement. Selon Chuck, pour décrocher, il suffit de lire le gros livre et d'assister à quelques réunions.

— Cela marche pour bien des gens, observai-je.

— Pas pour tout le monde, riposta-t-elle. Le taux de rechute des Alcooliques Anonymes est de quatre-vingt-dix pour cent. Ces neuf personnes sur dix ont manifestement besoin de quelque chose de plus.

— Comment cela explique-t-il que Chuck ait fouillé dans vos dossiers ?

— Il me trouve subversive, dit-elle. Il veut savoir ce que je dis aux pensionnaires.

— Écoutez, mettons tout cela de côté un instant. Le problème qu'il a évoqué vous rend potentiellement responsable, vous et le centre, si le patient met sa menace à exécution.

— Je connais la loi dans ce domaine, M. Rios, comme tout thérapeute. Si je pensais vraiment que Michael constitue une menace pour Gus... (Elle se reprit aussitôt.) Vous ne connaissiez pas leurs noms, n'est-ce pas ? (Je secouai la tête.) Parfois, quand je suis en colère, je sors des choses que je ne devrais pas dire, sourit-elle faiblement. Lapsus freudien.

— Puisque vous en avez parlé, répondis-je, s'agit-il de Gus Peña ?

— Vous le connaissez ?

— J'étais à l'hôtel de ville hier quand il a prononcé son petit discours, et je lui ai parlé ensuite.

— J'ai mentionné leurs noms totalement par inadvertance, dit-elle d'un ton sévère.

— Je ne vais rien lui en dire. Mais je pense que vous, vous devriez.

— Ce que je voulais dire, continua-t-elle, c'est qu'en tant que professionnelle, je n'ai pas pris cette menace au sérieux. Écoutez, il y a eu un énorme conflit entre Michael et Gus quand celui-ci était chez nous. Vous comprendrez que je ne peux pas entrer dans les détails, mais d'après moi, Michael a simplement exprimé sa colère. Il n'a aucune intention de tuer Gus Peña.

— Très bien, mais qu'allez-vous faire concernant Chuck ?

— Je m'en occuperai.

Je m'extirpai de mon siège.

— Je vous remercie de ce que vous avez essayé de faire pour Jimmy, dis-je en lui tendant ma carte. Si vous pensez avoir besoin de mon aide pour votre problème, appelez-moi. Chuck n'a pas besoin d'en être informé.

— Merci, M. Rios.

— Henry. (Je me retournai sur le seuil. Malgré une certaine dureté, Édith Rosen me semblait tout à fait digne de confiance. Je fus tenté de lui exposer mes problèmes avec Josh.) Si je devais aller voir un thérapeute dans votre genre, qui me recommanderiez-vous ? préférai-je demander.

— Quelqu'un dans mon genre ? sourit-elle. Vous voulez dire, une spécialiste de la désintoxication ?

— Non, quelqu'un à qui je n'aurais pas de peine à confier mes secrets.

— Quels sont vos secrets, Henry ? demanda-t-elle gentiment.

— Je vis avec un garçon séropositif, et je pense avoir besoin d'en parler à quelqu'un.

Elle hocha pensivement la tête.

— Pourquoi n'iriez-vous pas voir Raymond Reynolds ? suggéra-t-elle après un instant. Je crois qu'il a une grande expérience auprès des gays. Tenez, voici son numéro.

Elle chercha dans son Rolodex et le griffonna sur un papier.

— Merci, dis-je.

Il était encore tôt quand j'arrivai à mon bureau, et Emma n'était pas encore là. J'allumai la cafetière, consultai mon courrier et entrai dans mon bureau. Josh était assis sur le canapé et contemplait le paysage par la fenêtre. Il semblait épuisé. Trois mégots étaient écrasés dans le cendrier à côté de lui. Cela faisait des années qu'il ne fumait plus. Je m'assis.

— Salut, dis-je.

— Salut, répondit-il sans sourire.

— Je suis désolé de ce que je t'ai dit ce matin.

— Moi aussi, je suis désolé de ce que je t'ai dit,

répondit-il. Et je... (Il hésita.) Eh bien, je suis désolé d'avoir fichu le camp. J'aurais dû rester.

Il alluma une cigarette.

— Quand as-tu repris ?

— Dix minutes après être sorti de la maison, répondit-il en soufflant la fumée.

C'était vraiment grave, s'il recommençait à fumer.

— Tu me quittes, Josh ?

— Je n'ai pas le droit de faire mon petit discours ? demanda-t-il avec un bref sourire. Je l'ai répété en attendant.

— J'écoute.

Il écrasa la cigarette. Ses longs doigts tremblaient et j'eus de la peine pour lui.

— Nous nous disputons beaucoup, dernièrement, Henry, mais tu n'as jamais rien dit d'aussi méchant que ce commentaire sur Steve. Peut-être que je t'y ai forcé. Enfin, je t'ai menti, que tu l'aies su ou pas.

— Je le savais.

— Laisse-moi finir sans qu'on se dispute, dit-il en posant sa main sur la mienne.

— OK. Désolé.

— Je me suis aussi rendu compte que tu avais raison, à moitié, en tout cas. Je ne suis pas amoureux de la séropositivité de Steve, mais de son courage, tout comme je l'étais du tien quand on s'est rencontrés. Tu te rappelles comment j'étais ? Un pédé honteux pour qui la séropositivité était la punition de Dieu pour s'être laissé enculer. (Il grimaça.) Tu m'as appris que je pouvais être gay et vivre quand même dignement. Tu m'as appris à être brave.

— Ça marche dans les deux sens, Joshua.

— J'aimerais le penser, Henry. (Il laissa sa phrase en suspens.) J'ai besoin d'autre chose, à présent.

— Josh, je peux changer.

— Ce n'est pas facile pour moi, dit-il, les yeux remplis de larmes.

— Laisse-moi une chance. Écoute, si le problème, c'est moi, laisse-moi essayer d'y remédier. J'irai voir un psychologue.

— Le problème, ce n'est pas toi. Le problème, c'est que je suis en train de mourir.

— Mais non, tu n'es pas en train de mourir, Josh. Il s'essuya d'un revers de manche.

— Ce n'est pas parce que je ne suis pas malade pour le moment que ça veut dire que tout va bien.

— Tu vas très bien.

— Va voir ton psy, Henry, soupira-t-il. Ça ne te fera pas de mal, mais j'ai besoin d'un peu de temps. Je vais retourner un moment chez mes parents.

— Très bien, du moment que ça ne signifie pas que tu t'en vas pour de bon. Ce n'est pas le cas, n'est-ce pas ?

— Nous en parlerons. Pour l'instant, je veux rentrer à la maison prendre quelques affaires. (Il se leva et posa la main sur ma joue.) J'aurais préféré que ça n'arrive jamais.

— Rien n'est encore arrivé.

Après son départ, je m'assis à mon bureau et tout ce que j'avais tenu à distance me submergea, vague après vague de souvenir, de chagrin, de regret, tandis que je me répétais que ce n'était pas encore fini. Quand je me sentis en état de parler, j'appelai Raymond Reynolds.

4

Tout était éteint quand je rentrai ce soir-là. Par habitude, j'allumai et ouvris les fenêtres tout en traversant les pièces étouffantes, sans rien voir de changé au premier abord. C'est seulement quand je décidai de le remarquer que je vis que de menues choses avaient disparu : les flacons de vitamines qui s'alignaient sur le comptoir de la cuisine, un peignoir rayé, l'exemplaire de *Borrowed Time*. J'enlevai mon costume et ma cravate dans la chambre et les jetai sur le lit au lieu de les accrocher dans le placard, puis j'enfilai le jogging resté par terre. Je retournai dans la cuisine, cherchant un mot sans vraiment m'attendre à en trouver un. Vainement. Je sortis un reste de pâtes du réfrigérateur, me servis un verre d'eau minérale et allai dîner dans la salle à manger.

Dans mes pires moments, je m'étais imaginé rentrer après les obsèques de Josh dans une maison remplie de ses affaires et devoir m'en débarrasser. Jamais je n'avais pensé qu'un jour, elles auraient déjà disparu quand je rentrerais. Ce n'était pas le chagrin auquel je m'étais préparé. Je terminai mon dîner, laissai les assiettes sur la table et cherchai dans le journal un film à aller voir. Je restai le temps de deux séances et en rentrant, je m'endormis dans la chambre d'amis jusqu'à l'aube.

Le téléphone sonna. Je bondis et décrochai.

— Josh ?

— Euh... Henry Rios ?

C'était une voix de femme inconnue.

— Oui, lui-même.

— Édith Rosen. Nous nous sommes vus hier au SafeHouse.

— Bonjour, Édith, dis-je en prenant ma voix professionnelle, aimable, mais sans détours. Quelque chose ne va pas ?

— Chuck a demandé à Michael de quitter le SafeHouse, répondit-elle.

— Pourquoi ? À cause des menaces à l'encontre de Gus Peña ?

— Oui.

Je m'assis dans la cuisine et me frottai les yeux pour me réveiller.

— Je croyais que vous deviez approuver cette décision.

— Eh bien, il l'a prise sans moi, répondit-elle vivement. Je suppose qu'il pense pouvoir s'en tirer à bon compte.

— C'est dirigé contre vous, n'est-ce pas ?

— Évidemment. Et à moins qu'il ne revienne

dessus, cela compromet totalement ma mission ici. Personne ne va plus vouloir me parler si on sait qu'on peut utiliser le contenu des consultations pour expulser les gens.

— Quelle est exactement la situation ?

— Ce matin, il a convoqué Michael dans son bureau, lui a annoncé qu'il était au courant des menaces et qu'il avait jusqu'à midi pour déguerpir. Michael m'a appelée. Je vous appelle. Voilà la situation.

Je me levai et commençai à préparer du café sans bruit.

— Menacer un autre pensionnaire constitue-t-il un motif légitime d'expulsion ?

— Il n'a pas menacé un autre pensionnaire, s'emporta-t-elle.

— Mais est-ce un motif ? demandai-je en allumant le gaz sous la cafetière.

— Oui, dit-elle à contrecœur. Le fait est que Michael n'a jamais menacé directement Gus et que Chuck ne l'aurait jamais appris s'il n'avait pas fouillé dans mes dossiers.

— J'ai bien compris. Je voulais simplement connaître la position de Chuck.

— Vous m'avez proposé de m'aider, Henry. Eh bien, j'ai besoin de votre aide. Nous devons obliger Chuck à revenir sur sa décision.

— Et si vous vous adressiez au conseil d'administration ?

— Il ne se réunira pas avant un mois et d'ici là, comme ce sera du passé, personne ne comprendra pourquoi je fais tant d'histoires. D'ailleurs, si Michael est expulsé, il se retrouvera en violation de sa condi...

Elle s'interrompit.

— Conditionnelle ?

— Enfin, tôt ou tard, il aurait fallu que j'en parle.

— Pour quoi est-il en liberté conditionnelle ?

— Il a tenté de faire un hold-up dans un magasin avec un revolver — un jouet. Il était tellement défoncé qu'il n'a même pas réussi à atteindre la sortie avant l'arrivée de la police.

— Attendez une seconde. (Je posai le téléphone et pris un calepin et un crayon.) OK, je vous écoute. Était-ce sa première arrestation ou bien vole-t-il pour se procurer ses doses ?

— Il n'a pas besoin de voler : ses parents ont de l'argent. Il voulait impressionner les membres d'un gang. Il essaie désespérément d'être accepté, mais même pour les gangs, il est trop défoncé au crack. Il pensait se faire bien voir en faisant ce hold-up.

— Quel est son nom de famille ?

— Ruiz. Michael Ruiz. Ses parents viennent du barrio, mais comme ils ont trop de travail pour s'occuper d'un gosse, ils l'ont confié à sa grand-mère, qui habite encore dans le quartier. Ce qu'ils ne lui ont pas donné en temps, ils essaient de le compenser en lui donnant de l'argent.

— Quel âge a-t-il ?

— Dix-huit ans. Il était mineur quand on l'a arrêté.

— Ce qui explique l'inculpation d'attaque à main armée, dis-je en griffonnant. Le district attorney demande toujours des peines excessives pour faire peur aux mineurs. Il a purgé une peine ?

— Quelques mois dans un camp de redressement, puis on l'a envoyé chez nous avec trois ans de sursis. Vous comprenez ce qui va lui arriver si Chuck l'expulse.

— Qu'y a-t-il d'autre à part cela dans le dossier de Michael au SafeHouse ?

— Il se tient, dit-elle, évasive.

— Soyez franche avec moi, Édith.

— Il montre beaucoup de résistance, mais je commençais à progresser avec lui.

— Très bien, mais en dehors de cet incident, Chuck a-t-il d'autres motifs légitimes de l'expulser ?

— Non, répondit-elle sans hésiter.

— Parfait. Venez à mon bureau avec Michael. Disons dans une heure. Je vais essayer de trouver une solution d'ici là.

— Merci, Henry.

Je raccrochai. Le café était en train de bouillir. Surpris, je me rendis compte que je n'avais pas pensé à Josh pendant que je parlais à Édith Rosen.

En arrivant, je trouvai Édith qui m'attendait à la porte de mon bureau. À côté, un adolescent maigre boudait, adossé au mur, une cigarette entre les doigts. Teint mat, cheveux hirsutes, il avait une petite larme bleue tatouée au coin de l'œil droit. Il me jeta un regard sans expression. Édith nous présenta.

— Entrez, dis-je en ouvrant la porte.

Pendant qu'ils s'asseyaient dans mon bureau, j'allai préparer ma deuxième cafetière de la matinée.

Quand je revins, Michael était assis dans une pose nonchalante et étudiée, une jambe posée sur l'accoudoir. Il venait d'allumer une autre cigarette. Son visage était si inexpressif que j'eus envie de lui aboyer de se tenir droit et de l'éteindre. De près, je décelai une inquiétude dans ses yeux, qui ne cessaient d'aller et venir entre Édith et moi, comme ceux d'un gosse qui attend la punition.

— Je pars du principe que tu sais de quoi il s'agit ? lui demandai-je.

— Mais oui, dit-il d'une voix traînante.

— Alors dis-le-moi.

Il commença en marmonnant et je lui demandai de parler plus haut. Il me jeta un regard noir et reprit :

— Ce connard de *gabacho* veut compromettre ma conditionnelle parce que j'ai dit un truc sur Peña à elle.

Je regardai Édith.

— C'est à peu près ça. Tu comprends que Mme Rosen n'a rien divulgué à M. Sweeny de ta conversation avec elle ?

— Ouais, c'est ce qu'elle dit, répondit-il, sceptique. Comment il l'a su, alors ?

— Peu importe, intervint Édith. Le fait est qu'il a obtenu cette information sans me parler.

Je me demandai pourquoi elle ne lui disait pas que Chuck avait fouillé dans ses dossiers et notai mentalement de lui poser la question en tête à tête. Pour le moment, il fallait que je lui fasse confiance.

— Quand tu parles à un thérapeute, dis-je à Michael, la loi te protège. En général, la seule personne qui peut répéter à quelqu'un ce qui s'est dit durant une séance chez le psychologue, c'est toi. (Je le fixai pendant mes explications. Apparemment, il suivait.) Tu as compris ?

— Ouais, j'ai compris.

— Il arrive qu'un patient confie à son psychologue qu'il veut du mal à une personne, et si le thérapeute juge cette menace réelle, il est de son devoir d'avertir la personne en question. En l'occurrence, Édith...

— Je savais que même en n'aimant pas Gus Peña, tu n'avais aucune intention réelle de lui nuire, se hâta-t-elle d'ajouter. Aussi ne lui ai-je rien dit.

— Je lui ferais son affaire comme un rien, ricana-t-il.

— Ce que je compte faire, dis-je sans relever, c'est appeler Chuck Sweeny à son bureau et l'avertir que nous allons intenter une action pour le forcer à te réintégrer au SafeHouse, à moins qu'il ne le fasse de plein gré.

— Si vous lui dites ça, il vous répondra de ne pas vous gêner, dit Édith, l'air inquiet.

— Je connais Chuck aussi, dis-je. Je pense pouvoir conclure un accord avec lui.

— Un accord ? Qu'est-ce que vous voulez lui proposer ?

— Une amélioration radicale du comportement de Michael, s'il le réintègre.

— Que des conneries, marmonna Michael.

Je lui jetai un regard glacial.

— C'est le choix que tu as, Michael. Je conclus un marché avec Chuck pour te permettre de retourner au SafeHouse aujourd'hui, ou bien nous intentons une action en justice en prenant le risque que ta conditionnelle soit compromise. Tu as dix-huit ans, à présent. Les Services de la Jeunesse peuvent s'occuper de toi jusqu'à tes vingt et un ans ou bien te considérer comme adulte et t'envoyer dans une prison d'État.

— Je m'en fous, dit-il en s'affalant dans son siège.

— Appelez Chuck, dit Édith.

— Je dois demander à Michael de sortir.

— C'est nécessaire ?

— Oui. Vous, restez.

Michael se leva pesamment et sortit en roulant des mécaniques. Je le regardai en me demandant pourquoi Édith se donnait tant de mal pour lui.

— Pourquoi ne lui avez-vous pas dit que Chuck avait fouillé dans vos dossiers ? demandai-je quand il eut claqué la porte.

— Michael n'a pas besoin d'une raison supplémentaire de défier Chuck.

— Il pense que vous lui avez dit. Cela se voit sur son visage.

— Ce sera plus facile pour lui de me redonner sa confiance qu'avec Chuck.

— Ce gamin n'a pas l'air prêt à faire confiance à quiconque, dis-je. Je voulais aussi vous demander pourquoi vous m'avez coupé alors que je m'apprêtais à lui dire que vous ne preniez pas au sérieux ses menaces envers Gus Peña.

— C'était la manière dont vous l'exprimiez, s'agaça-t-elle. Cela impliquait qu'il n'était pas du tout pris au sérieux.

— Vous vous souciez beaucoup de ce garçon, non ? demandai-je en me radossant. Comment cela se fait-il ?

— Comme de tous mes patients, répondit-elle. Allez-vous appeler Chuck ?

— Quel est le numéro ? demandai-je. (Je lc composai sous sa dictée et branchai le haut-parleur. Un instant plus tard, Chuck prenait l'appel. Édith se pencha en avant.) Chuck ? C'est Henry Rios. J'ai Édith Rosen avec moi dans mon bureau, ainsi qu'un de tes pensionnaires, Michael Ruiz.

— Bonjour Henry, répondit-il d'un ton bourru. De quoi s'agit-il ?

— Je pense que tu le sais, Chuck. La question est : qu'allons-nous faire ?

— Concernant quoi ? Ce garçon a enfreint une règle du centre. Il doit partir.

Édith se renfrogna et voulut parler, mais je la fis taire d'un geste.

— Écoute, Chuck, dis-je de mon ton le plus amical, si nous étions dans une réunion des Alcooliques Anonymes et que je disais que je veux tuer un quelconque connard, respecterais-tu mon anonymat ? Tu ne te précipiterais pas pour le dire au mec. L'anonymat, ça consiste à garder les confidences.

— Ce n'est pas pareil, répondit-il. Elle ne fait pas partie du programme. Elle n'est pas des nôtres.

— Chuck, dans le gros livre, il est écrit que nous pouvons rechercher un appui à l'extérieur du programme si c'est nécessaire pour rester sobre. Il s'est simplement trouvé que Michael a recherché l'aide d'Édith pour rester sobre et a exprimé un sentiment sincère. Comment veux-tu qu'il aille mieux, sinon ?

— Les efforts qu'il fait pour rester sobre laissent énormément à désirer, grogna-t-il.

— Il faut bien commencer quelque part, Chuck. Écoute, il y a manifestement un conflit de prérogatives entre toi et Édith. (Elle rougit de colère.) C'est quelque chose que vous allez devoir régler tous les deux. Je te demande simplement de ne pas le faire sur le dos de ce gamin. Quoi que tu penses d'Édith, Michael est des nôtres, Chuck. Et je peux te garantir que sa conduite s'améliorera si tu le reprends.

— Le bâton, c'est quoi, Henry ?

— Pardon ?

— Tu viens de me montrer la carotte : où est le bâton ?

Je sentis à sa voix qu'il valait mieux être franc avec lui.

— La loi ne partage pas ton mépris pour la psychothérapie, dis-je. D'ailleurs, elle protège le thérapeute et ses patients. En lisant le dossier de Michael sans sa permission, tu as violé la loi, Chuck, et cela pourrait devenir un gros problème pour toi et ton centre.

— Je n'en reviens pas que tu te retournes contre les tiens.

— Je viens de te le dire, Chuck. Michael est aussi des miens.

— On va le reprendre, cette fois, dit-il au bout d'un moment. Mais il y a intérêt à ce que je constate des progrès.

— Je suis sûr que tu en auras.

— C'était vraiment faire preuve de duplicité de votre part, dit Édith quand je raccrochai.

— À quel moment ?

— Quand vous avez joué sur vos relations aux Alcooliques Anonymes.

— Où est la duplicité ? Chacun de mes mots était sincère. Et par ailleurs, le seul autre choix était de le mettre au pied du mur, ce qui ne donne rien avec lui, comme vous l'avez vous-même admis.

— Et vous vouliez me mettre au même niveau que lui, sourit-elle.

— Vous n'étiez pas ma cliente dans cette affaire. Michael, si. Et puisqu'on parle de lui, autant aller lui annoncer la bonne nouvelle.

Le reste de la journée et jusqu'au dimanche, je travaillai à mon bureau, ne rentrant chez moi que pour dormir et vérifier si j'avais des messages de Josh. Je n'eus de ses nouvelles que tard le dimanche soir.

— Cullen est mort, dit-il d'entrée.

— Cullen McArthur ? (C'était lui qui nous avait vendu la maison quatre ans plus tôt.) Je l'ai vu il y a deux semaines, il semblait bien aller.

— Il est mort ce matin, répondit Josh d'un ton las. J'ai passé le week-end en allers-retours à l'hôpital.

— C'est pour cela que tu n'as pas appelé, dis-je, autant pour moi-même que pour lui.

— Excuse-moi, Henry, mais je n'en ai pas eu la possibilité avant ce soir.

— Ça ne fait rien. Tu me manques, Josh.

— Tu me manques aussi, dit-il après un instant.

Et après cela, alors qu'il semblait ne plus y avoir grand-chose à ajouter, nous continuâmes la conversation, parlant de rien entre de longs silences.

— Je suis vraiment crevé, dit Josh au bout de vingt minutes.

— D'accord. Je pourrai te voir bientôt ?

— Les obsèques de Cullen ont lieu mardi à l'église sur Fountain et Fairfax, 14 heures. On se retrouve là-bas, OK ?

— OK. Bonne nuit, Josh.

— Bonne nuit, Henry, dit-il. Je t'aime.

Quand il eut raccroché, je me surpris à penser au tatouage au coin de l'œil de Michael Ruiz, un vieux motif des gangs censé rappeler à celui qui le portait la tristesse de la vie.

5

Le lundi matin, à 8 heures, je me présentai au cabinet de Raymond Reynolds, au deuxième étage d'un bâtiment de briques rouges doté d'une façade en faux style colonial, dans la partie de Beverly Hills que les résidents appellent avec mépris « le bas ». L'endroit était tout en différentes nuances de gris, du sol au plafond. On aurait dit une cellule de matière grise. Reynolds était un homme rondouillard, avec un aimable visage poupin et une voix douce et attentionnée. Les préliminaires achevés, il me posa l'inévitable question :

— Alors, pourquoi venez-vous me voir ?

Je restai bloqué. Aucune des réponses que mon esprit s'efforçait de formuler ne me semblait convenir et, après un moment d'embarras, c'est ce que je lui répondis.

— À quoi pensez-vous que ce soit dû, Henry ?

— Vous savez, je suis dans une situation bizarre,

là. Généralement, c'est moi qui pose les questions. (Il sourit sans rien dire, attendant toujours la réponse à sa question.) Je suppose que c'est parce que chaque phrase qui me vient semble commencer au milieu et pas au début, dis-je finalement.

— Quelle est la raison immédiate de votre présence ici ? demanda-t-il. Commençons par là.

Je me tortillai sur le canapé en cuir qui couina.

— Mon amant a quitté la maison.

— Et vous ne le vouliez pas.

— Non, je ne voulais pas qu'il parte. Il est séropositif et il pense que je ne le comprends plus. Et il a rencontré quelqu'un qui d'après lui le comprend. Il me semble que je comprends.

— Et que pensez-vous comprendre ? demanda-t-il en penchant la tête de côté.

— Sa peur de mourir.

Il hocha la tête et poursuivit :

— Et comment se fait-il que vous compreniez cela, Henry ?

L'espace d'une seconde, je restai coincé. Je balayai des yeux la pièce grise, évitant son regard doux, presque bovin. Le silence régnait. Mais pas dans ma tête.

— Avez-vous affronté la mort ? demanda-t-il.

— Je suis revenu, dis-je après un moment. Je suis revenu d'entre les morts.

— Racontez-moi cela.

— Je buvais, commençai-je. J'ai arrêté il y a environ sept ans. Je travaillais sur une affaire de meurtre. En gros, mon client était un gamin qui avait trop lu

Ayn Rand, et qui avait décidé qu'il était au-dessus des règles. Il a essayé de le prouver en se rendant une nuit avec un couteau de boucher dans un parc où vivaient des sans-abri, et il a tué un homme. (Je levai les yeux vers Reynolds qui me contemplait toujours du même air impassible.) Quoi qu'il en soit, j'étais chez moi un soir et je lisais le rapport de police. J'avais des photos du cadavre étalées sur la table. J'étais bien parti pour finir ivre, comme tous les soirs à cette époque, et il s'est trouvé que j'ai regardé le visage de la victime. Il avait les yeux ouverts. Vous avez déjà vu les yeux d'un mort ?

— Oui, dit-il doucement.

— Eh bien, dans ce cas, vous savez qu'il n'y a rien de plus mort que les yeux d'un mort. Donc je regardais cette photo et j'ai commencé à trembler parce que j'avais déjà vu ces yeux-là, le matin même, dans ma glace. (Les images commencèrent à envahir mon esprit et je dus m'interrompre un instant.) J'avais trente-trois ans et ma vie consistait à travailler et boire, et cela depuis longtemps, depuis que j'avais quitté la maison familiale pour l'université. À un moment donné, j'étais mort.

— Qu'est-ce que cela signifie, Henry ? s'enquit-il de sa douce voix.

— Ce qui nous rend humains, ce qui fait que nous nous reconnaissons comme vivants, je l'avais perdu. Je l'avais noyé dans le bourbon tout en me plongeant tellement dans le travail que je ne l'ai remarqué qu'à ce moment-là.

— Que s'est-il passé ?

Je me mis à rire.

— J'ai bu encore quelques verres, pour me calmer, et j'ai plus ou moins sombré sans connaissance. Quand je suis revenu à moi le lendemain matin, j'ai paniqué. Alors j'ai encore bu, et encore. Les deux jours suivants se sont écoulés comme cela : ivre, coma, réveil, ivre... Finalement, une amie policière est passée chez moi parce que je ne m'étais pas présenté à plusieurs audiences. Elle m'a emmené à l'hôpital et j'ai dégrisé. Si elle n'était pas venue, je serais probablement mort.

Reynolds hocha la tête.

— Revenons en arrière. Avant de partir à l'université, quelle vie aviez-vous ?

— Vous autres, vous finissez toujours par en venir à Papa et Maman, dis-je.

Je voulais plaisanter, mais c'était plus agressif que drôle.

Sans se laisser piéger, Reynolds reprit aussitôt :

— Vos parents semblent un sujet délicat pour vous.

— Excusez-moi. C'est juste que je me trouve un peu trop vieux pour les tenir responsables de mes problèmes.

— Y avait-il de l'alcoolisme dans la famille ?

— Je ne vais pas vous complimenter pour votre finesse, souris-je, parce que c'est presque un truisme : à fils alcoolique, père alcoolique.

— Votre père était alcoolique.

— Bien vu. Oui, mon père était un ivrogne violent.

— Envers vous ? souffla-t-il.

— Oui, répondis-je, conscient de l'impatience qui gagnait ma voix à mesure que nous parlions de mon père.

— Vous étiez violent quand vous buviez ?

— Bien sûr que non.

Il sourit comme un avocat qui vient de piéger un témoin lors d'un interrogatoire.

— Pourquoi « bien sûr » ?

— Je ne suis pas du tout comme mon père.

— À quel égard êtes-vous différent ?

— Eh bien, je suis homosexuel, pour commencer, j'ai fait des études, et je ne suis pas violent.

— Intéressant. (Il resta un moment pensif.) La première différence, c'est quelque chose à quoi vous ne pouvez rien et la seconde un trait pour lequel vous avez fourni beaucoup d'efforts, j'imagine.

— Voulez-vous dire que les deux sont liés ?

— Je pense qu'il est très fréquent que les jeunes gays compensent leur homosexualité en excellant dans le talent qu'ils possèdent.

— Compenser, répétai-je. Cela sous-entend une déficience.

— Très peu de jeunes gays considèrent leur homosexualité différemment, dit-il. Pas vous ?

— Non, répondis-je. Non, mais je ne voulais pas non plus être pédé.

— L'avez-vous jamais dit à votre père ?

— Non. J'ai dû attendre sa mort pour le dire, sans quoi je ne serais pas assis ici maintenant à vous payer pour m'écouter parler de lui.

— La troisième différence que vous avez énoncée par rapport à votre père est que vous n'êtes pas violent. Et la violence que vous dirigiez contre vous-même ?

— Je ne comprends pas.

— Vous avez dit qu'à un moment, lorsque vous buviez, vous êtes mort. Qui vous a tué ?

Je me radossai dans l'inconfortable canapé.

— Vous auriez fait un excellent avocat, le complimentai-je.

*
* *

La question de Reynolds me préoccupa pendant toute la journée, alors que je sillonnais la ville, de Santa Monica à Pasadena, puis au tribunal, déposant une requête dans une salle, dirigeant une audience préliminaire dans une autre et tentant un compromis dans une troisième. Un lundi comme les autres, en d'autres termes. Je traversai cette journée chaude et brumeuse en apercevant des fragments de la ville : une plage déserte et scintillante, une galerie marchande dont les enseignes étaient en coréen, l'inquiétante grandeur Belle Époque du dôme de l'hôtel de ville de Pasadena. Qui a tué Henry Rios ? La question résonnait comme le titre d'un roman policier bon marché dans le coin de ma tête qui n'était pas occupé par une myriade d'autres choses. Bien sûr, c'était moi le coupable. Donc, la question suivante était : quelle serait ma défense ?

Ce soir-là, je me rendis à une réunion des Alcooliques Anonymes et entendis quelqu'un dire qu'il savait qu'il allait mieux quand ses pensées passaient du suicide à l'homicide. Reynolds avait raison, il y avait en moi de la violence, et j'étais devenu malgré moi ma propre victime. L'homme que je voulais vraiment tuer était le père dont j'avais eu tant de mal à lui parler. Comme dans bien d'autres circonstances, mon père m'avait bien eu, en mourant avant que je puisse me débarrasser de lui. Et sur cette pensée réconfortante, je m'endormis.

Le lendemain, je fus retenu à une audience et j'arrivai vingt minutes en retard à l'église sur Fairfax où se déroulait la cérémonie en mémoire de Cullen McArthur. Je montai les marches usées jusqu'à l'auditorium et le trouvai rempli d'hommes assis sur des chaises pliantes qui grinçaient bruyamment chaque fois que leurs occupants changeaient de position dans la chaleur étouffante de cette pièce faiblement éclairée. Les vitraux projetaient des taches de couleur sur le plancher sale. L'endroit sentait, non la sainteté, mais Eternity, Obsession et une douzaine d'autres parfums masculins écœurants. Au fond, sur une longue table, trônaient des coupes de fruits, plats de bagels et de fromage à tartiner, et deux énormes réservoirs de café qui gargouillaient doucement. Ne voyant pas Josh dans l'assistance, je m'assis à la première place libre venue.

Cullen était connu sous le surnom de Mary Louise auprès de ses plus proches amis. Il nous avait vendu la maison, mais c'est seulement plus tard que nous avions vraiment fait sa connaissance, moi par le biais des Alcooliques Anonymes, Josh à Act Up.

À l'avant de la salle se trouvait une estrade encadrée de couronnes posées sur des chevalets. Au centre de chacune il y avait des photos de Cullen. L'une le montrait à six ou sept ans, cheveux hérissés, taches de son. L'autre, prise vers ses trente-cinq ans, sans doute, était un portrait sur papier brillant d'un homme assez ordinaire auquel retouches et éclairage avaient réussi à donner une beauté de mannequin. Tel que je le voyais, c'était pour moi un roux dégarni, à la peau très pâle, la bouche en cœur, les yeux écarquillés et remplis de promesses de ragots croustillants. Juste une pédale comme une autre, amusante et gentille, juste une tapette dont le seul péché avait été d'avoir honte de lui-même.

Sur l'estrade, le meilleur ami de Cullen était en train de parler :

— La dernière fois que je suis allé le voir, il était devenu totalement aveugle. Alors je me suis assis, j'ai pris sa main et je lui ai dit : « Chéri, j'ai tellement de peine. » Et Cullen a serré la mienne en disant : « Ma fille, tu n'imagines même pas. Jamais je n'ai appris à me mettre du rouge dans le noir. »

Je riais et pleurais en même temps quand je vis Josh. Il pleurait sur l'épaule de l'homme assis à côté de lui. Steven. Qui lui releva la tête et déposa un baiser sur son front, comme un vieil amant. Je me levai et sortis.

J'étais déjà sur le trottoir pour reprendre ma voiture quand j'entendis quelqu'un m'appeler.

C'était Timothy Taylor, mon parrain aux Alcooliques Anonymes, un type grand et maigre, une fleur de lilas piquée au revers de son blazer de soie blanche, ses cheveux blonds grisonnants lissés en arrière d'une manière théâtrale qui découvrait son visage étroit et inquisiteur.

— Il m'avait bien semblé te voir entrer discrètement, dit-il. Et sortir tout aussi discrètement.

— J'ai du boulot, dis-je, n'ayant pas envie de lui parler.

— Tu as vu cette incroyable photo de Mary Louise en Rita Hayworth ? demanda-t-il en passant son bras sous le mien. Il ne lui manquait plus que les castagnettes. Josh m'a parlé tout à l'heure.

— Ah.

— Y a-t-il quelque chose que tu voudrais me dire ?

— Je me suis fait plaquer, Tim, c'est tout.

— Mmm, fit-il. Ça doit faire mal.

— Évidemment que oui.

— Alors, que comptes-tu faire ? Fuir, comme à l'instant en voyant Josh avec Steve ?

— Parce que c'est une réaction si inhabituelle que ça ?

Nous étions arrivés devant ma voiture.

— Je croyais que tu étais venu rendre hommage à Cullen.

— Je t'appelle, Tim.

— N'attends pas d'avoir bu un verre pour le faire, répliqua-t-il.

Revenu à mon bureau, je fis semblant de travailler, lisant et relisant la même page des minutes d'un procès tout en nourrissant des pensées meurtrières envers Steven. Je fus soulagé quand le téléphone sonna.

— Le sénateur Peña en ligne, dit Emma. Nous faisons des progrès.

— Passez-le-moi, ça suffira, OK ?

— Excusez-moi, M. Rios.

— Pardon, Emma, je...

— Qui est Emma ? demanda Gus Peña d'un ton jovial. Votre petite amie ?

— Ma secrétaire, Gus. Vous êtes encore en ville. Je croyais que le sénat était en session.

— Pour le moment, j'ai plus important à penser, dit-il. Une inculpation, par exemple.

Je refermai le dossier et sortis mon bloc.

— Je suppose que c'est donc un coup de fil professionnel.

— Écoutez, Rios, j'ai un avocat à Sacramento qui ne sait même pas distinguer son cul d'un trou dans le sol. Je me suis renseigné et il paraît que vous êtes bon. Vous prenez l'affaire ?

L'État contre Peña, notai-je en en-tête de la feuille.

— Que voulez-vous faire, Gus ? D'après ce que je sais, vous vous êtes fait pincer la main dans le sac.

— C'est ma journée, dit-il en riant. Pour commencer, je veux que le procès soit déplacé ici, à L.A. Les journaux de Sacramento m'ont déjà rendu le verdict et annoncé la peine.

Changement de juridiction, battage autour du procès.

— Le déplacer ne changera rien aux preuves, Gus.

— Vous n'avez même pas vu les preuves en question, s'impatienta-t-il.

— Vous avez été arrêté sur les lieux, n'est-ce pas ?

— Nous étions deux dans la voiture, Rios. Moi et l'un de mes assistants. Nous rentrions d'un dîner. Ce n'était pas moi qui conduisais, mais lui.

Je posai mon stylo.

— Je vous demande pardon ?

— Vous m'avez bien entendu. C'était lui qui conduisait.

— C'est vous qui avez été arrêté.

— Bien sûr que j'ai été arrêté, dit-il comme si c'était une question secondaire. Mais laissez-moi vous dire ce qui s'est passé. Frank était plus ivre que moi. Il a heurté le type et s'est arrêté au milieu de la rue. En voyant ce qu'il avait fait, il est descendu de voiture et s'est enfui en courant. Comme je ne pouvais pas laisser la voiture au milieu de la chaussée, je suis monté dedans pour la garer. C'est là que les flics sont arrivés.

— Pourquoi ne pas le leur avoir expliqué ?

— Écoutez, Rios, je suis un Chicano d'East Los Angeles. Quand j'ai vu les flics, le bon vieil instinct du gosse des quartiers s'est réveillé et il n'était pas question de leur dire quoi que ce soit.

— Depuis, vous avez eu des semaines pour leur en faire part, observai-je.

Il ne se démonta pas.

— Je devais convaincre Frank de se présenter à la police et d'accepter sa responsabilité. Sans lui, ça ne tient pas debout.

— En effet.

— On dirait que vous ne me croyez pas, Rios, dit-il, un rien agacé.

— C'est juste que la semaine dernière, vous m'avez dit que vous aviez tué un homme.

— Oui, dit-il après un moment. Eh bien, je protégeais Frank. On est du même quartier, vous savez. C'est tout.

— Il va falloir que je vous parle à tous les deux.

— Bien sûr, sans problème. Que dites-vous de demain ?

Je consultai mon agenda. Je commençais un procès le lendemain.

— Non, impossible. Jeudi après-midi, vers 16 heures.

— C'est d'accord. Nous serons là.

Je raccrochai et gribouillai sur la feuille. *L'État contre Peña*, un rêve d'avocat. Une affaire retentissante, un client qui collabore, une défense en béton. Finalement, cela semblait trop beau pour être vrai.

6

Josh m'appela le lendemain et nous convînmes de nous retrouver pour dîner le soir-même. Je me rendis en ville pour commencer la sélection des jurés dans une affaire de vol vraiment pitoyable : mon client, un ivrogne sans abri, était accusé d'avoir volé une bague sur un cadavre qu'on avait balancé dans une impasse près de Spring Street. Les flics avaient essayé de lui mettre le meurtre sur le dos, mais n'y ayant pas réussi, ils avaient pris ce qu'ils trouvaient. L'adjoint au procureur ne s'inquiétait pas à l'idée de plaider devant un jury qui avait toutes les chances d'être composé de Noirs et de Latinos issus de quartiers rongés par la criminalité qui percevraient le procès comme un exemple de plus des priorités mal placées du système. Le juge n'était pas très heureux de voir son tribunal encombré par ce qu'il avait décrit en petit comité comme une « affaire de merde ». Pendant que les jurés s'inscrivaient, la D.A. me fit passer un mot : « Que diriez-vous d'ivresse publique avec peine de prison ? » Je répondis en griffonnant : « OK, sans conditionnelle. » Elle fronça les sourcils, haussa les épaules et demanda à conférer avec le juge. Dix minutes plus tard, mon client plaidait et l'affaire était close.

*

* *

En quittant le tribunal, je me retrouvai coincé dans les embouteillages et arrivai avec vingt minutes de retard au restaurant où je devais retrouver Josh. C'était un bistro typique du Westside, murs chaulés, chaises et tables laquées de noir, sol en béton et musique atonale, comme des gouttes de pluie tombant entre les syllabes d'une conversation de branchés. On avait du mal à croire que nous étions dans la ville même où on balançait des cadavres dans des impasses et où on les détroussait pour s'acheter une bouteille de vin.

Une jolie fille en robe moulante blanche me désigna Josh qui était assis à une table du fond contre le mur. Il portait un blouson en cuir noir et un T-shirt d'Act Up, un jean noir et de grosses chaussures noires, l'accoutrement de la saison pour les révolutionnaires gays urbains. Avec mon costume à fines rayures, je me sentais terriblement vieux, alors que nous n'étions en réalité que les deux pôles opposés de la même génération.

— Désolé d'être en retard, dis-je en m'asseyant.

— Je viens d'arriver, dit-il en buvant une gorgée de vin blanc d'un air absent.

D'habitude, il évitait de boire en ma présence, et cela m'irrita de voir à quelle vitesse son comportement changeait.

— Tu as commandé ?

— Pas encore, je t'attendais.

Je grommelai. Après les quelques minutes passées à parcourir le menu rédigé à la main, nous passâmes commande à un séduisant serveur qui, sa tâche terminée, s'adressa à Josh :

— J'adore vos chaussures. Des Doc Marten's ?

— Ouais, il y a des soldes chez Zodiac.

— Pas mal, sourit le serveur.

Je n'avais pas la moindre idée de ce dont ils parlaient. Aigrement, je songeai que Steven aurait compris. Un commis nous apporta de l'eau et je bus un verre pour noyer ma bile avant d'essayer de commencer la conversation.

— Je suis content de te voir, dit Josh. Désolé de la méprise d'hier.

J'avais du mal à retenir mon irritation, mais je fis de mon mieux.

— Quelle méprise ? J'étais juste un peu en retard.

— Non, pas pour ça. Je suis désolé d'avoir oublié de te dire que Steven serait là. Je voulais te le présenter.

— Pourquoi ?

Mon agressivité le désarçonna un bref instant.

— Parce que je tiens à vous deux.

— Désolé, je ne voulais pas me conduire en salaud. Je suis juste fatigué et c'est une situation nouvelle pour moi. Je ne connais pas les règles.

— Il n'y en a pas, Henry. (Il but une gorgée de vin, un peu nerveux.) Je sais que c'est de la naïveté, mais je pensais que si tu lui étais présenté, tu ne serais pas autant furieux contre moi.

— Je ne suis pas furieux contre toi.

— Si tu étais plus tendu, tu exploserais.

Il avait raison. J'avais la tête rentrée dans les épaules jusqu'aux oreilles. Je respirai un bon coup et me détendis.

— Il a dix ans de moins que moi et le genre de physique qu'on voit sur les pubs des téléphones roses. Je ne vois pas en quoi le connaître m'aurait réconforté.

— Tu ne m'accordes pas beaucoup de crédit si tu penses que ça se limite à ça. (Son petit rire faux résonna dans le brouhaha des voix autour de nous.) Je ne me suis jamais plaint de notre vie sexuelle.

— Oh, merci.

Il fit rouler le pied du verre entre ses longs doigts.

— Tu pourrais essayer de ne pas te comporter aussi connement, Henry ?

— Peut-être que tu ferais mieux de me dire pourquoi tu m'as donné ce rendez-vous pendant qu'il est encore temps d'annuler nos commandes.

Il se leva et s'élança pour sortir en se cognant aux tables du restaurant bondé. Je me précipitai derrière lui. Je le trouvai sur le parking, en train de pleurer contre sa voiture.

— Tu penses que c'est un pitoyable vaudeville à la sauce pédé, hein ? dit-il péniblement. Eh bien, c'est ma foutue vie.

— C'est la mienne aussi.

Il s'essuya le nez d'un revers de manche.

— Écoute-moi. Je ne veux pas mourir, Henry. Je veux être comme tout le monde. Connaître mes soixante-quinze ans ou Dieu sait quoi, mais je sais que je ne les verrai pas et ça me rend dingue. (Il renversa la tête en arrière et ravala ses sanglots.) Je n'y peux rien, mais je t'en veux. Tu vivras encore quand je serai mort et tu trouveras quelqu'un d'autre. (Il respira un bon coup.) Ce n'est pas juste. Il fallait que je m'éloigne de toi, de cette rancune.

— Ça ne marche pas comme ça, dis-je en le prenant par l'épaule et en l'attirant contre moi. Il n'y aura jamais personne d'autre.

J'entendis le claquement du journal tombant contre la porte d'entrée et ouvris les yeux. Josh était allongé à plat ventre à côté de moi, le visage tourné de l'autre côté. Il avait le sommeil agité et les draps avaient glissé, le découvrant tout entier. Il était petit — « un mètre soixante-treize dans les bons jours », comme il disait — sept centimètres de moins que moi, mais nettement mieux fait. Il avait suivi des cours d'anatomie et appris les noms des muscles. Il prenait ma main, la plaçait quelque part sur lui et disait : « Ça, c'est un deltoïde. Et ça, un grand dorsal. » Les muscles qui saillaient sous sa peau douce me faisaient l'effet d'un feu qui couve.

Tel était le mystère de ma sexualité, pour qu'un corps si semblable au mien puisse être aussi attirant et me paraisse en même temps aussi peu familier, comme s'il appartenait à l'autre sexe. Quand j'étais plus jeune, il me paraissait urgent d'élucider ce mystère, parce que je pensais qu'une fois qu'il serait expliqué, on cesserait de nous haïr. À présent, je pensais qu'ils n'avaient pas plus droit que moi à une explication et qu'ils trouveraient de toute façon d'autres raisons de nous haïr. Pour le moment, je remerciais le ciel de ce corps allongé à côté de moi, à la fois familier et inconnu.

Je l'embrassai sur la nuque, me levai, enfilai un pantalon et sortis ramasser le journal. L'ayant jeté sur la table de la cuisine, je me servis un verre de jus d'orange et avalai quelques vitamines. Je dépliai le journal et m'arrêtai net devant la une :

LE SÉNATEUR PEÑA ASSASSINÉ
Un élu abattu sur le parking d'un restaurant.

Le célèbre politicien Agustin Peña, qui représentait East Los Angeles depuis quinze ans au sénat d'État, a été abattu d'un coup de feu mortel sur le parking d'un restaurant de l'Eastside, tard dans la soirée. M. Peña, qui venait de dîner avec sa famille au La Playa Azul de First Street, a été tué alors qu'il regagnait à pied sa voiture. Le crime n'a fait aucune autre victime. Bien qu'ayant été transporté rapidement à l'hôpital le plus proche, il devait décéder en début de matinée. La police déclare n'avoir aucun suspect...

L'article continuait, mais tous les faits figuraient dans le premier paragraphe : un assassinat sans mobile, pas de suspect et pas de témoin. Le reste était l'habituelle désinformation policière : on spéculait qu'il avait peut-être surpris un voleur de voitures qui l'avait abattu dans sa panique. Le genre de choses que disent les flics quand ils n'ont rien. Ma première pensée fut pour Michael Ruiz, qui était, d'une certaine manière, mon client. Je décrochai et appelai. Édith Rosen venait d'arriver.

— Vous êtes au courant pour Gus ? demandai-je.

— C'est affreux, Henry, tout bonnement affreux. Je n'arrive pas à y croire.

— Chuck est au courant ?

— Il était à l'hôpital avec la famille, dit-elle.

— Et Michael Ruiz ?

— Il était là hier soir. Il n'a rien à voir avec cette histoire.

— Il se montre un peu plus coopératif, alors ?

— Il sait que c'est sa dernière chance, répondit-elle évasivement.

— J'espère que ça veut dire que oui.

— La police ne semble pas savoir qui a tué Gus, dit-elle.

— Ça ne prendra pas longtemps. Peña était un

homme important. Ils feront tout leur possible pour prendre l'assassin rapidement.

— J'espère qu'ils y arriveront, dit-elle, sincère. Je dois vous laisser Henry. Rappelons-nous plus tard.

*

* *

La conversation m'avait laissé mal à l'aise, mais en l'absence de véritables motifs de suspicion, je renonçai et repris ma lecture du journal. À l'intérieur figuraient les déclarations de politiciens éminents exprimant leur émotion devant le meurtre. Ma vieille amie Inez Montoya, désormais conseillère municipale, se répandait sur cette immense perte pour la communauté chicano. Une telle exubérance me surprit. Elle avait certes travaillé pour Gus autrefois, mais il s'était opposé à sa candidature au conseil municipal et elle lui en voulait encore. Ne connaissant pas sa famille, je ne pouvais l'appeler pour exprimer mes condoléances, aussi appelai-je Inez.

— Je ne peux pas te parler pour le moment, dit-elle avec sa brusquerie habituelle. Je suis en route pour chez Graciela.

— La femme de Peña ? Vous êtes amies toutes les deux ?

— J'ai toujours été plus proche d'elle. Écoute, tu veux bien être mon cavalier aux obsèques ?

— Bien sûr.

— Parfait. Je te rappelle pour organiser ça.

— Salut, fit Josh en apparaissant sur le seuil et en se grattant la poitrine. J'ai senti le café. (Il me regarda.) Qu'est-ce qui ne va pas, Henry ?

— Gus Peña a été assassiné hier soir, dis-je en désignant le journal.

Josh s'approcha et jeta un coup d'œil à la une.

— Peña. Un salaud homophobe. Tu sais qu'il a refusé d'accorder des fonds à un programme de lutte contre le sida à East L.A. ? Il a dit qu'il ne voulait pas promouvoir l'homosexualité et la drogue.

Je regardai la photo de Peña, tout smoking et sourire.

— Non, je l'ignorais.

— On l'a abattu, alors ? dit-il en bâillant. Un assassinat, tu crois ?

— Je pense qu'il y a toujours cette possibilité avec un politicien, même si un sénateur d'État n'est pas vraiment très puissant.

— On ne sait jamais. Ils votent des lois. Peut-être qu'il a vraiment mis quelqu'un en rogne.

Les gangs, songeai-je. Et leurs défenseurs, comme Tomas Ochoa.

— Peut-être que c'était Act Up, dit-il.

— Tu rigoles.

— Nous en parlons parfois, dit-il en se servant un café et en allant prendre le lait dans le réfrigérateur. Genre, puisqu'on meurt du sida, pourquoi ne pas emmener avec nous quelques hommes politiques ? Oh, on n'a plus de lait.

— Désolé, je n'en ai pas acheté depuis que... (Je n'achevai pas.) Tu le ferais, toi ?

— Seulement si je pouvais me faire Jesse Helms. (Il referma le réfrigérateur.) Continue d'en acheter, OK ?

Les informations télévisées du matin ne parlaient que du meurtre de Gus. Comme la police ne détenait aucun indice, c'était surtout du remplissage. À un moment fut diffusée une interview de Tomas Ochoa en tant qu'expert en politique chicano, qui expliqua le sens du meurtre de Peña. Il profitait de l'occasion pour critiquer la loi de Peña et avertir la police de ne pas se faire des gangs leurs boucs émissaires. Inez Montoya était interviewée chez les Peña. Elle prévenait la police que tout retard dans la capture de l'assassin de Peña serait considéré comme une insulte par la communauté latino. Pour elle, peu importait que le crime soit un meurtre ou un assassinat. « C'était juste un pauvre type », répliquait-elle. La famille se refusait à parler à la presse, qui devait se contenter de montrer Mme Peña conduite par son fils à une voiture qui l'attendait.

Je m'habillai et gagnai mon bureau, m'attendant plus ou moins à un message d'un assistant de Peña, puisque nous avions rendez-vous dans l'après-midi. Personne ne s'était donné la peine d'appeler. De toute façon, c'était inutile.

J'appelai mon enquêteur Freeman Vidor à propos d'un témoin qu'il devait essayer de me retrouver. Nous finîmes par parler du meurtre de Peña. Comme d'habitude, Freeman détenait des informations confidentielles grâce à ses contacts dans la police, dont il avait fait partie pendant douze ans, avant que le racisme de ses confrères lui fasse donner sa démission.

— D'après la balistique, ce serait un Uzi, dit-il. On a trouvé une douzaine de cartouches sur le parking.

— C'était un voleur de voitures, non ?

— Non. Vous savez qui aime les Uzi ? Les gangs. Pour moi, on l'a descendu depuis une voiture qui passait.

— C'est le territoire des Varrio Nuevo, dis-je.

Les noms des gangs et des territoires des chicanos étaient familiers à tout avocat d'ici. Les grands rivaux des Varrio Nuevo étaient les Dogtown Locos. J'en parlai à Freeman.

— C'est sur eux que j'aurais parié.

— Même de nuit, Peña ne pouvait pas être pris pour un membre d'un gang.

— Peut-être y avait-il quelqu'un d'autre sur le parking, supputa-t-il.

— Peut-être comptaient-ils bien trouver Peña.

— Hé, il n'a pas renversé quelqu'un à Sacramento il y a quelques mois ? Peut-être que la victime avait de la famille à L.A. et que c'est une vengeance.

— Mmm... Si j'étais la police, j'y songerais, répondis-je.

— Vous savez ce qu'il y a d'intéressant, aussi ? reprit Freeman. J'ai appris que d'après le rapport de toxicologie, le sénateur était ivre.

— Mon Dieu. Après le discours qu'il a fait la semaine dernière.

Sans parler de celui auquel j'avais eu droit ensuite.

— Apparemment, il n'arrivait pas à décrocher, dit Freeman. Vous le connaissez ?

— Il voulait que je le représente à Sacramento.

— Voilà des honoraires qui vous sont passés sous le nez.

7

Le samedi suivant le meurtre de Peña était le 5 mai. Le *Cinco de Mayo*, commémoration de la victoire des Mexicains sur l'envahisseur français de 1862. À Los Angeles, c'était pour la communauté chicano l'occasion de faire montre de ce nationalisme culturel inhérent à une ville qui a gardé des noms de lieux espagnols mais a enseveli ses origines sous les fastes d'Hollywood. Avec le meurtre du sénateur, les réjouissances prenaient un tour particulier. Il y eut un rassemblement au centre-ville en l'honneur de Peña qui tourna à la violence quand des gangs rivaux commencèrent une fusillade. À un autre rassemblement à East L.A., Tomas Ochoa tenta de braquer la foule contre la police qui était venue sur les lieux pour empêcher de nouveaux débordements de violence. Même à l'élégant dîner de la Chicano Bar Association auquel j'assistai le samedi soir, on se demandait à mots couverts si la police menait son enquête avec autant de diligence qu'elle en aurait montré si Peña avait été un Anglo-Saxon. Pour moi, c'étaient de mauvaises nouvelles. Plus on mettait la pression sur la police, plus elle était susceptible de prendre quelqu'un comme bouc émissaire. Le lundi matin, jour des funérailles de Peña, n'était pas arrivé, que la ville était prête à s'embraser.

Je traversai un cordon de police pour gagner l'hôtel de ville, où je devais retrouver Inez Montoya pour nous rendre à l'église qui se trouvait non loin. Un détecteur de métal avait été installé à l'entrée. À l'intérieur, des policiers postés sous chacune des vertus civiques lorgnaient sournoisement les rares bureaucrates qui avaient pris la peine de venir travailler ce jour-là. Inez étant au téléphone dans son bureau, j'attendis devant.

J'étais à la table d'Inez deux ans auparavant lors d'un dîner de bienfaisance où j'avais connu Gus Peña. Il était venu féliciter son ancienne assistante administrative pour son élection au conseil municipal comme représentante du district dont il était lui-même sénateur. Il y avait dans ce geste une certaine condescendance qui, m'avait dit plus tard Inez, résumait à peu près son attitude envers les femmes en général.

Je connaissais Inez depuis des années, lorsque nous étions tous deux défenseurs publics. Je travaillais dans le Nord à l'époque et elle était à Los Angeles. Nous nous étions rencontrés à une conférence d'État de l'ACDP, l'Association Californienne des Défenseurs Publics, un groupe qui avait la prétentieuse ambition de fournir la meilleure défense possible aux criminels indigents, à une époque où les jeunes avocats pensaient que c'était un objectif digne d'intérêt. Une époque lointaine, manifestement.

Nous nous étions saoulés ensemble – je buvais encore à ce moment-là – et elle avait essayé de me séduire. Elle n'avait jamais eu beaucoup de chance avec les hommes. Mais nous étions restés amis et je suivais sa carrière, l'aidant comme je le pouvais, à mesure qu'elle avançait dans la jungle de la politique avec une finesse, un courage et un dévouement passionné pour les défavorisés. C'était quelqu'un d'admirable, bien que parfois un peu effrayant.

Alors que je feuilletais dans l'antichambre un exemplaire du magazine *Hispanic*, je l'entendis crier dans son bureau.

– Ne me servez pas vos excuses de bureaucrate, disait-elle. Ce type est le pire maffieux de la ville. (L'un des employés me jeta un regard en souriant. Elle continuait de rugir :) Oui, bon, vous êtes bien le Service du Bâtiment et de la Sécurité, non ? (Un petit silence, puis elle reprit sa tirade :) Eh bien, si je n'ai pas de réponse avant la fin de la journée, je vais vous faire amener ici par la peau des fesses pour que vous me donniez des explications.

Et elle raccrocha le téléphone avec fracas.

– Je pense que vous pouvez entrer, à présent, me dit l'assistant.

– Merci, dis-je en allant frapper.

– Quoi ? demanda-t-elle.

– L'inspecteur du Bâtiment et de la Sécurité, madame, dis-je en entrebâillant la porte.

— Je parlais un peu fort ? sourit-elle. Pas très féminine ?

— Tu es prête à venir rendre hommage à Gus ?

Elle sortit une cigarette du paquet posé sur son bureau, l'alluma et tira avidement une bouffée.

— C'est déjà l'heure ? Ça va ? J'ai l'air de quoi ?

Avec son tailleur sombre, ses cheveux tirés en arrière et réunis par le ruban qu'on lui voyait toujours, elle aurait pu passer pour une écolière.

— Tu es parfaite.

— Allons-y, alors, dit-elle en se levant et en prenant son sac en bandoulière.

— On dirait une scène du film de Costa-Gavras, *État de Siège*, dis-je alors que nous traversions la rotonde sous le regard austère des policiers.

— Oh, eux, dit-elle d'un ton méprisant. C'est moins dangereux que de patrouiller les rues.

C'était une journée chaude et claire augurant à nouveau d'un été torride. Les branches des arbres des jardins de l'hôtel de ville pendaient, inertes. On avait laissé mourir la pelouse, concession à la sécheresse, mais elle était toujours aussi fréquentée à la pause-déjeuner par des zonards et des employés de la ville. Au carrefour de Main Street et First, un vieil homme grisonnant glapissait des passages de la Bible, un gobelet en polystyrène juché sur le sommet du crâne. Il s'interrompit dans ses imprécations à notre approche, prit le gobelet et but.

— Je me suis toujours demandé ce qu'il y avait dedans, dit-elle en passant son bras sous le mien.

— Œuvrer pour le Seigneur donne soif, sûrement.

— L.A., tu n'adores pas cette ville ?

— Ça va être un week-end chaud, dis-je — et je ne parlais pas du temps.

— Je sais, je sais. J'ai passé ces cinq derniers jours à essayer de garder le calme dans mon district.

— Tomas Ochoa n'a pas arrangé les choses.

— Ce merdeux.

— Je t'ai vue à la télé hier soir parler de Gus, dis-je en l'attirant contre moi pour éviter les tessons d'une bouteille de porto sur le trottoir. (Aux infos, elle avait chanté les louanges de Peña, ami des pauvres et leader de l'éternelle lutte pour les droits civils de tous.) Tu étais sincère ?

— Que tu es cynique, Henry. Tu devrais faire de la politique. Bien sûr que je l'étais, dit-elle en écartant d'un geste un mendiant. Gus a toujours été excellent sur la législation sociale. À sa manière, c'était un puissant avocat de la communauté. Le fait qu'il ait été aussi un connard n'a rien à voir. D'ailleurs, ajouta-t-elle pensivement, nous n'avons pas assez de politiciens chicanos pour nous permettre d'en perdre un seul.

— Qui l'a tué, selon toi ?

Elle n'écoutait pas. Nous avions traversé First Street et nous descendions Main Street en longeant des vitrines murées qui empestaient l'urine et un parking où des sans-abri vivaient dans des cartons et des tentes en sacs poubelles.

— Regarde-moi ça, s'indigna-t-elle. Il y a des

gens qui vivent comme ça dans l'une des villes les plus riches du monde. (Elle me regarda d'un air courroucé.) Gus portait des costumes à mille dollars, mais il savait ce que c'était que la pauvreté. Contrairement aux gringos qui dirigent cette ville.

— Je suis de son bord, lui rappelai-je.

La circulation avait été détournée aux alentours de l'église et une file de limousines noires étaient alignées devant. Des policiers patrouillaient le quartier pour éloigner la foule. J'entendis des gens scander quelque chose. À mesure que nous approchions, je vis que le bruit provenait d'un contingent de T-shirts noirs qui agitaient des pancartes. Act Up. L'une d'elles disait : SAUVEZ LE PROJET SIDA-MINORITÉS. D'autres déclinaient en espagnol le slogan de l'association : SILENCE = MORT.

Séparé des manifestants par les forces de l'ordre, un autre groupe, principalement composé de jeunes Chicanos, brandissait ses pancartes pour dénoncer la police. Certains avaient commencé à crier « Pédales ! » et « Tapettes ! » aux militants d'Act Up. Il me sembla apercevoir Tomas Ochoa parmi eux.

— Que fait Act Up ici ? demanda Inez.

— Ils réclament le financement du projet Sida-Minorités, dis-je, répétant ce que Josh m'avait dit. Ils se sont dit qu'il y aurait pas mal de politiciens aux obsèques.

— À mon avis, ça va se terminer en bagarre, dit-elle.

Nous étions arrivés devant le cordon de police. Je cherchai si je voyais Josh parmi les manifestants. Il était là, un poing levé, l'autre bras autour de la taille de Steven Wolfe. En me voyant, il voulut s'avancer, mais un flic noir le repoussa du bout de sa matraque.

— Josh est là, dis-je en entraînant Inez pour le rejoindre.

Josh se querellait avec le flic, rejoint par Steven.

— Excusez-moi, monsieur l'agent, dis-je. C'est un de mes amis.

Le flic toisa mon costume noir et regarda Inez.

— Désolé, monsieur, les manifestants doivent rester en deçà du cordon.

— Je veux simplement lui parler.

— Je suis avec lui, dit Inez en sortant son portefeuille de son sac et en lui montrant une carte qu'il examina.

— OK, mais vous seulement, dit-il à Josh en le laissant passer.

Steven me sourit sans chercher à dissimuler son dédain.

— Salut, Inez, dit Josh. C'est quoi, ce que tu lui as montré ?

— Les membres du conseil municipal ont une carte, dit-elle. Ça nous évite les contraventions. Tu veux entrer avec nous ?

— Non, merci. Salut, Henry.

— Salut. On dirait qu'il va y avoir du grabuge, Josh, dis-je en indiquant les manifestants chicanos.

— Les flics les empêcheront de nous agresser.

— Je serais plus tranquille si tu entrais avec nous. Tu peux amener Steven aussi, ajoutai-je.

— Mais oui, si ça ne t'embête pas qu'on fasse un scandale durant la cérémonie.

— Ce ne serait pas une bonne idée, dit Inez.

— Alors mieux vaut qu'on reste là, dit Josh en posant la main sur mon revers.

— Et si on rentrait, plutôt ? proposai-je.

Il secoua la tête.

— Cette époque est révolue, Henry. Tu ne peux plus me protéger.

— Allons-y, Henry, dit Inez en m'entraînant.

— À tout à l'heure, dit Josh en m'embrassant. Salut, Inez.

— Au revoir, Josh. Ne te fais pas remarquer.

— Qu'est-ce que ça voulait dire, tout ça ? demanda Inez alors que nous nous éloignions.

— Problèmes conjugaux, dis-je sans m'étendre davantage.

Des flics en tenue grouillaient à l'entrée de la cathédrale. Tout comme à l'hôtel de ville, nous passâmes sous un détecteur de métal. Un grand type qui avait l'air d'un flic en civil l'appela.

— Madame la conseillère Montoya ? (Nous nous approchâmes de lui.) Fred Hanley, de la brigade anti-terroriste de la Police de Los Angeles. Si vous voulez bien me suivre, je vais vous faire accompagner à votre place.

— Qu'est-ce qui se passe, ici ? demanda-t-elle.

— Une simple précaution, madame, dit-il, très sergent Friday.

Il nous confia à un autre flic en civil qui nous

emmena à quatre rangées de l'autel. Je distinguai les nuques de l'épouse de Peña et de ses enfants au premier rang. Le cercueil de Gus était dressé sur une estrade couverte de fleurs. Il avait été laissé à moitié ouvert – « demi présentation », selon le terme des pompes funèbres, qui m'était devenu ces dernières années plus familier que je n'aurais voulu à force d'enterrer des amis morts du sida. Je distinguai le profil austère de Gus. La cérémonie commença.

Pour moi, l'Église catholique n'est qu'une entité totalitaire de plus, comme le Parti communiste ou IBM, mais je dois admettre que le spectacle valait la peine. À mesure qu'il se déroulait, je pensais à Gus Peña. Au cours des cinq derniers jours, les articles parus sur lui avaient comblé mes lacunes.

C'était un fils d'immigrés mexicains qui, comme l'avait dit Inez, savait ce que c'était que la pauvreté. Après le lycée, il s'était engagé dans l'armée et avait fait son service au Vietnam. À son retour, il s'était inscrit en fac, puis en droit. Dans les années soixante, il avait travaillé avec les paysans de Chávez. Par la suite, il était revenu à East L.A., où il avait ouvert un cabinet et commencé à bâtir les fondations de sa carrière politique.

J'avais grandi dans un endroit aussi pauvre qu'East L.A. et je savais qu'il avait fait des efforts pour devenir le politicien suave qu'il avait été. Inez avait raison de dire qu'il n'avait jamais oublié ses racines. En soi, c'était un exploit. Peña aurait pu disparaître dans les hauteurs des classes bourgeoises, devenir le *partner* hispanique de service d'un gros cabinet d'avocats du centre-ville, mais il n'en avait rien fait. Ayant dû travailler deux fois plus pour obtenir ce qui lui revenait de droit, il avait acquis une sorte de rage qui l'avait propulsé dans l'existence, comme des muscles supplémentaires. Cette rage ne l'avait jamais quitté. Rien ne vous suffit pour compenser ce que vous avez dû subir. Et jamais vous n'oubliez que vous étiez un étranger, si coûteux soient vos costumes.

Je n'avais aucune peine à l'imaginer, car j'avais suivi le même itinéraire. La différence, c'est qu'étant homosexuel en plus d'être chicano, j'avais dû apprendre à m'accepter, ce qui avait atténué ma colère. Ayant dû vaincre ma haine de moi-même, je ne supportais pas très longtemps de haïr les autres, pas même ceux qui dirigeaient l'Église catholique, alors qu'ils le méritaient pourtant bien. Cette incapacité à haïr ne m'avait pas rendu vertueux : j'étais ainsi, voilà tout.

Je me demandai si Peña avait su qui il était quand il était mort, ou s'il était mort en colère, comme mon père, avec le pire et le meilleur qui luttaient en lui. Pas étonnant qu'il ait été alcoolique.

— Mon père était un homme qui avait beaucoup à faire.

Je levai les yeux vers l'autel où le fils de Gus Peña paraissait remarquablement calme et d'une touchante jeunesse. Je n'avais qu'à moitié écouté le défilé de gros pontes qui avaient fait l'éloge funèbre de Gus dans des termes tellement vagues qu'ils auraient pu s'appliquer à n'importe quel politicien, mais ce garçon – Tino ? – attira mon attention.

– Quand j'étais enfant, je lui en voulais d'être aussi occupé, disait-il. Il n'était pas comme les autres pères. Je crois que cela me manquait un peu, mais en vieillissant, j'ai compris pourquoi il l'était autant. (Il s'interrompit, contempla le cercueil, puis l'église bondée.) Papa, les gens ne t'ont pas oublié. Ils sont là aujourd'hui. (Il baissa la tête et se reprit.) Et nous aussi nous sommes là, Papa. Maman, Angela et moi. Pour te dire adieu. (Il se pencha un peu et pleura. À côté de moi, j'entendis Inez qui sanglotait discrètement. Le garçon releva la tête et continua :) Mon père croyait en un Dieu de justice. La justice pour tous. J'espère que Dieu le jugera justement et le traitera avec miséricorde. Au revoir, Papa.

Dans le silence qui suivit, les slogans des manifestants résonnèrent dans l'église.

– Vas-tu à l'inhumation ? demandai-je à Inez quand nous sortîmes.

La foule se dispersait. Les manifestants étaient partis, mais la police était restée en force.

– Non, dit-elle en se tamponnant les yeux de son mouchoir. Il faut que je rentre au bureau. Et toi ?

– Non, je ne crois pas. Je te raccompagne.

Fred Hanley, l'officier de police, arriva et déclara :

– Madame la conseillère, l'un de mes hommes va vous reconduire à l'hôtel de ville.

– Qu'est-ce qui se passe, ici ? s'impatienta-t-elle. Pourquoi a-t-on droit à la brigade anti-terroriste ? Et ne me racontez pas d'histoires.

— Bien madame, dit Hanley. Nous avons des raisons de penser que le sénateur Peña a été tué par un groupe terroriste qui se baptise les Dogtown Locos.

— C'est le nom d'un gang de quartier, dis-je.

— Oui, monsieur. Je suis navré de ne pouvoir en dire davantage. Si vous voulez bien me suivre, madame.

— Vas-y, dis-je. Je me débrouillerai. Rappelle-moi plus tard.

Inez hocha la tête et s'en fut avec Hanley en chuchotant rageusement.

— Henry. (Édith Rosen venait vers moi, les cheveux recouverts d'une écharpe noire.) Je ne vous avais pas vu.

— C'était plein à craquer. Comment allez-vous ?

— Il faut que je vous parle, dit-elle. C'est très important.

— Bien sûr. Avez-vous déjeuné ?

— Ce qu'il me faudrait, surtout, dit-elle en ôtant son foulard, c'est un verre.

8

Dans le salon Commodore Perry du New Otani, une paroi de verre séparait le bar du jardin japonais. Un pont miniature enjambait un ruisseau gargouillant ombragé par de petits pruniers aux feuilles rouges. À l'intérieur, un immense écran Toshiba diffusait un match de football depuis Buenos Aires et une serveuse solitaire en kimono noir et or passait silencieusement entre les tables vides pour la plupart pour remplir de petites coupes de verre de pois salés et de biscuits à la farine de riz. Je buvais un Coca Light pendant qu'Édith Rosen, entre deux gorgées de vin blanc, me disait qu'elle m'avait menti concernant l'emploi du temps de Michael Ruiz la nuit du meurtre de Peña.

— J'ai reçu un coup de fil de la conseillère de service vers 11 heures, me disant que Michael avait quitté le centre en début de soirée.

— On n'est pas obligé de signer le registre pour sortir ?

— Il y a une grande réunion des Alcooliques Anonymes au centre de 8 heures et demie à 10 heures, dit-elle. Tout le monde sort fumer pendant les pauses. Il allait et venait. C'est seulement à l'heure du coucher qu'on a découvert son absence.

— Quand est-il rentré ?

— Vers minuit. La conseillère était censée le noter, mais je lui ai dit d'attendre que je lui aie parlé.

— Et bien entendu, le lendemain matin, vous avez appris que Gus avait été tué. Et vous m'avez dit que Michael n'était pas sorti du centre de la nuit.

— Écoutez, Henry, je ne pensais pas que les deux événements étaient liés, insista-t-elle.

— Alors pourquoi m'avoir menti ?

— Je ne voulais pas compliquer la situation avant d'avoir eu la possibilité de lui parler.

— Et que vous a-t-il dit, alors ?

— Qu'il était allé voir un film. Il m'a donné le nom du cinéma, le titre du film et l'horaire. J'ai appelé le cinéma qui me l'a confirmé.

— Qui a confirmé l'avoir vu ?

— Il ne m'a pas paru nécessaire de poser la question, répondit-elle avec brusquerie.

— Avez-vous noté son absence ?

— Non, dit-elle en fixant son verre.

— Pourquoi me racontez-vous cela ?

— Il est reparti ce matin, dit-elle en relevant la tête. Disparu.

— Que s'est-il passé ?

— Les policiers sont venus au centre interroger les gens sur Gus. Ils sont venus me parler, mais je leur ai dit que je ne pouvais rien divulguer sans enfreindre le secret professionnel...

— Ils posaient des questions sur Michael ? la coupai-je.

— Non, sur Gus. J'étais aussi sa psychothérapeute. Ils voulaient savoir s'il avait reçu des menaces de mort. Ce genre de choses.

— Cela, vous auriez pu le leur dire.

— Je ne parle pas de mes patients, point final, répliqua-t-elle sèchement. De toute façon, après leur départ, j'ai vu Michael dans le couloir. Il a dû les voir sortir de mon bureau. Il n'était pas à la réunion qui suivait. C'est là qu'on a compris qu'il était parti.

— Vous avez une idée de l'endroit où il pourrait se trouver ?

— Non. J'ai essayé les parents et la grand-mère. Ils n'en savaient rien.

— Vous pensez toujours que cela n'a rien à voir avec le meurtre de Peña ?

— Je ne sais plus quoi penser, répondit-elle à mi-voix avant de vider son verre.

Je scrutai ce visage doux et sans beauté. On aurait dit qu'elle avait perdu un enfant.

— Édith, pourquoi avez-vous protégé Michael ? Cela ne ressemble pas à quelqu'un qui prend ses obligations professionnelles autant au sérieux.

— L'un de mes enfants a eu des problèmes de drogue, dit-elle au bout d'un moment.

— Vous êtes mariée ?

— Divorcée. Nous avions deux enfants. Un garçon et une fille. C'est lui qui a sombré dans la drogue.

(Elle reprit son verre, constata qu'il était vide et le reposa.) Je ne comprenais pas très bien, parce qu'il semblait tellement raisonnable, et puis nous étions une famille sans problème. Bon, évidemment, il y avait les tensions habituelles, comme dans toute famille. J'ai commencé à chercher des réponses. Finalement, cela m'a renvoyé à mes études et j'ai fait psychologie. (Elle me fixa.) J'avais presque cinquante ans et mon mari m'a prise pour une folle obsessionnelle. Il avait sans doute raison.

— Vous avez trouvé les réponses ?

— Certaines. Mais trop tard pour Roger. Il est mort d'une overdose.

— Je suis désolé.

— Vous savez, dit-elle, j'ai vu des centaines de patients de toutes sortes et de tous âges. C'est seulement avec Michael que j'ai compris que c'était Roger que je voyais en eux. Vous me comprenez, à présent, Henry ? Je voulais changer la fin de l'histoire.

— Je comprends très bien, dis-je. J'aimerais changer la fin de certaines histoires, moi aussi. Je pense que vous venez de me convaincre que ce n'est pas en mon pouvoir.

— Je dois rentrer au centre, dit-elle en se levant. Il est possible que Michael soit avec des amis de son gang. Pensez-vous que vous pourriez le découvrir ?

— Je peux essayer, dis-je en pensant à Tomas Ochoa.

— Merci, Henry.

— S'il entre en contact avec vous, avertissez-moi

immédiatement. Au fait, quel est le nom du cinéma où il a dit être allé ?

— Le Los Feliz, dit-elle. C'est tout près du centre.

En rentrant à mon bureau, j'appelai de la voiture Inez Montoya pour savoir ce qu'elle avait pu apprendre de Fred Hanley, le clone du sergent Friday, sur la participation des gangs au meurtre de Peña.

— Tu sais comment c'est, dit-elle, furieuse. Durant le week-end, les flics ont commencé à voir des *placasos* des Dogtown avec le nom de Peña.

— Que disaient ces graffitis ?

— Peña *puto*, répondit-elle.

— En quoi traiter Gus de pédé peut-il indiquer qu'on est l'assassin ?

— Ils m'ont répondu que c'était la première fois qu'ils voyaient le nom d'un politicien dans les *placasos*.

Au même instant, je passai devant un bâtiment de Beverly dont le mur était couvert de *placas* à la bombe, avec ces noms et ces chiffres de cette écriture contournée que seuls les membres des gangs peuvent lire. Les *placas* étaient une manière de marquer son territoire et d'échanger des insultes. Moi non plus, je n'avais jamais entendu parler d'utilisation politique des graffitis.

— Je crois que les flics ne t'ont pas dit tout ce qu'ils savaient.

— Pourquoi ils le feraient ? grogna-t-elle. Je ne suis que l'un de leurs employeurs.

— Peut-être que tu devrais insister.

Je l'entendis brailler quelque chose et une porte claquer. Elle reprit la ligne.

— Où est ton intérêt ?

— Tu représentes le même district que Peña, lui fis-je remarquer. À ta place, je m'inquiéterais que les gangs se mettent à devenir des terroristes politiques.

— Voilà que tu joues les Ochoa.

— Il faut que je passe un autre coup de fil, dis-je.

Tomas était entre deux cours. Il ne sembla pas particulièrement ravi de mon appel. Quand j'abordai la question du meurtre de Gus, je reçus la réponse à laquelle je m'attendais.

— Bon débarras, c'était une ordure, dit-il. Écoutez, avec cette inculpation pour homicide, se faire tuer était encore la meilleure chose qui puisse lui arriver pour sa carrière.

— C'était certainement excellent pour la vôtre en tout cas, Tomas. Vous êtes passé à la télé presque tous les soirs depuis.

— Écoutez, Rios, je suis occupé. Que me voulez-vous ?

Je ralentis à l'approche d'un feu rouge.

— Échanger des informations avec vous.

— Quelles informations ? demanda-t-il aussitôt, méfiant.

— Commencez, répondis-je en m'arrêtant. (Un homme qui vendait des oranges sur le bord du trottoir en agita un filet à mon intention, plein d'espoir.

Je secouai la tête.) Vous parlez constamment des gangs, Tomas, mais avez-vous réellement des contacts chez eux ?

— Pourquoi ?

— Parce que j'ai un client que je soupçonne d'en faire partie, mais je n'en suis pas sûr.

— Demandez-lui.

Le feu passa au vert. J'accélérai.

— Il a disparu. C'est le problème. Je voudrais savoir s'il est avec eux.

— Et qu'avez-vous en échange, Rios ?

— Un avertissement.

— Ah oui ? Quoi ?

— Les flics vont commencer à faire des rafles, si ce n'est pas déjà en route.

Le cinéma Los Feliz approchait.

— Ça n'a rien de nouveau, dit-il. Ils sont là tous les soirs.

— Je vous parle d'arrestations massives. Le lendemain du meurtre de Gus, le gouverneur a signé la loi anti-gangs avec une clause d'urgence lui donnant effet immédiatement. Les flics s'en serviront. (Je me garai un peu plus bas.) Qu'en dites-vous, Tomas ? Vous m'aidez à retrouver mon client ?

— Comment il s'appelle ?

— Michael Ruiz.

— Où et quand les rafles vont-elles débuter ?

— Sur le territoire des Dogtown. Ce soir, si ce n'est pas déjà commencé.

— Comment vous êtes au courant ? demanda-t-il, soupçonneux.

— Non, non, c'est à vous de répondre : aidez-moi à retrouver Michael Ruiz.

— Il y a deux cents gangs à L.A., dit-il. Vous vous imaginez que je vais demander à chacun d'eux ?

— Uniquement à ceux qui opèrent sur East L.A. Essayez Dogtown et Varrio Nuevo.

— Peut-être.

Je me rendis compte qu'il ne m'avait pas demandé pourquoi les flics voulaient s'en prendre aux Dogtown. Peut-être le savait-il déjà.

La fille du Los Feliz travaillait la nuit du meurtre de Gus, mais elle ne se rappelait pas avoir vendu une place à un Chicano avec une larme tatouée sous l'œil droit. Je la remerciai et levai le nez sur l'affiche. Le Los Feliz jouait *Terminator 2*.

*

Bien que beaucoup de choses soient arrivées en une semaine depuis ma première séance avec Raymond Reynolds, quand je m'assis dans son cabinet gris, je voulus reprendre là où j'en étais resté et parler de mon père. C'est ce que je lui annonçai.

— Vous avez vaincu vos résistances concernant Papa et Maman ? sourit-il faiblement.

— Ne vous vantez pas, dis-je en m'étonnant de ma facilité à parler à cet inconnu de problèmes que j'avais rarement abordés avec qui que ce soit. Cela dit, il y avait dans ce processus quelque chose de vaguement familier.

— Sérieusement, Henry, que s'est-il passé cette semaine qui fasse que parler de lui soit si important pour vous ?

— Deux choses. Je suis allé à des obsèques ce matin et j'ai entendu un fils parler de son père, puis ensuite, j'ai parlé à quelqu'un de changer la fin d'une histoire. Cela m'a rappelé la mort de mon père.

— Dites-m'en plus.

— J'étais à l'université. En deuxième année. Nous étions en septembre et je venais d'avoir dix-neuf ans. Je n'étais pas rentré chez mes parents depuis Noël. Ma mère m'a appelé pour m'annoncer qu'il était en train de mourir. Je ne savais même pas qu'il était malade. (Je fermai les yeux, me rappelant ce clair après-midi de septembre, dans le couloir de la cité universitaire. Rentrer était la dernière chose que je voulais, mais je le fis quand même.) Il mourait d'un cancer de l'estomac. Il avait l'air d'un rescapé des camps de concentration.

— Qu'avez-vous éprouvé ? demanda doucement Reynolds.

— Un choc. De la surprise, aussi. Un choc en voyant comment il était. De la surprise d'apprendre qu'il mourait, qu'il était mortel, finalement.

— Vous le pensiez immortel ?

— Je ne le voyais pas comme un être humain. Il semblait si immense et sa rage était infinie. C'était une tornade, comme le dieu de l'Ancien Testament, quelque chose qui me déchiquetait, me déracinait, me secouait en tous sens. Comment un tel être pouvait-il mourir ?

— C'est une image saisissante, observa-t-il.

Je fixai entre les lames du store les étroites bandes de ciel : rouge, orange, bleu. Quand j'étais petit, le ciel m'effrayait parce qu'il ne changeait jamais. C'était toujours cet énorme dôme de lumière ou de ténèbres, et j'avais peur de demeurer éternellement minuscule, terrorisé par le géant qu'était mon père. La seule prière que je formulais dans mon enfance, c'était que le temps passe.

— J'étais heureux qu'il meure. Je pensais pouvoir être enfin libre.

— Libre de quoi ?

— Libéré de ma peur de lui, de ma peur de le décevoir, de ne jamais arriver à la hauteur de ses attentes, de ne jamais ressembler à son idée d'un homme.

— Savait-il que vous étiez gay ?

— Je ne le savais même pas moi-même à cet âge, dis-je en fixant le ciel qui s'assombrissait. Enfant, j'étais sensible et doué d'une grande force de caractère. C'était un mélange qui ne ressemblait pas à son idée d'un mâle. Il pensait que j'étais simplement faible et désobéissant.

— Et sa mort vous a-t-elle libéré ?

— Je vis toujours à l'ombre de ses jugements.

— Et peut-être, ajouta Reynolds, les vivez-vous.

— Comment cela ?

— Vous menez une existence admirable, Henry, mais je me demande dans quelle mesure elle vous pour donne la moindre satisfaction.

— Ce n'est pas quelque chose à quoi je pense. Il y a trop à faire.

— Trop d'injustices à réparer ? demanda-t-il, un rien ironique.

— Je ne pense pas que le but de l'existence est de s'asseoir sous un arbre et d'attendre l'illumination.

— Je ne vous propose pas de renoncer à la vie que vous vous êtes faite, mais d'en devenir juste un peu plus conscient.

— Pourquoi ? demandai-je, sceptique.

— Pour découvrir pour quelles raisons vous l'avez choisie, dit-il en croisant les mains sur ses genoux comme un petit Bouddha.

Cette nuit-là, je rêvai de lui, pour la première fois depuis des années et des années. J'étais dans la chambre d'hôpital. Ses yeux brillaient au-dessus du masque à oxygène. C'était la dernière chose vivante chez lui et je les regardais se fixer sur moi alors que j'entrais dans la chambre. Je m'asseyais sur le bord du lit en essayant de trouver quelque chose à lui dire. Puis il agrippait mon bras avec des doigts crochus comme des serres, mais sans plus de force qu'un enfant, et se mettait à suffoquer en essayant de parler. Je me penchais vers lui. Il disait : « Ne leur dis jamais. »

Je me réveillai en sursaut, furieux que la dernière chose qu'il m'ait demandé était de ne jamais révéler comment il m'avait terrorisé et de lui avoir obéi.

9

Quand je me réveillai pour de bon, c'était le matin, mais j'avais l'impression de ne pas avoir dormi du tout. Je restai allongé dans le lit à regarder les meubles familiers comme si je les voyais pour la première fois et je me sentis perdu dans la vie qu'ils représentaient. Enfant, je m'étais donné du mal pour me rendre invisible et j'avais grandi sans identité. Au cours des années, je m'en étais fabriqué une et à présent, Raymond Reynolds me disait qu'elle était totalement fausse. C'était toujours mieux que de ne pas exister du tout. J'avais besoin de parler à quelqu'un. Plusieurs noms me passèrent par l'esprit : Reynolds, Josh, et même Édith Rosen, quand je me rappelai brusquement Timothy Taylor, que je devais rappeler depuis l'enterrement de Cullen. Je décrochai le téléphone.

— Bonjour, gazouilla-t-il.

— Tim, hésitai-je. C'est Henry Rios.

— Qu'est-ce qui ne va pas, chérie ? On dirait que ton meilleur ami vient de mourir.

— Non, dis-je en ramenant les draps sur moi. J'ai fait un mauvais rêve et je me suis réveillé un peu ébranlé.

— Et si tu m'en parlais ?

Je lui racontai mon rêve en me sentant un peu bête, mais Timothy écouta sans mot dire.

— Tu sais, dit-il, mon père est la première personne qui m'ait traité de pédé. Je crois que j'avais huit ans, à l'époque. (Il gloussa.) Et je n'avais encore jamais rien fait. C'est vrai, je ne me suis mis à sucer des bites qu'à partir de, oh... huit ans et demi. (Je souris pour la première fois de la journée.) Je ne savais même pas ce que ça voulait dire, mais j'ai pourtant eu envie de le tuer pour m'avoir dit ça. Mais étant une tapette diplômée, c'est tout juste si je ne me suis pas tué à la place. Toutes ces années assis dans des bars de pédés à boire parce que j'étais furieux contre ce con. Il allait voir, si j'étais un pédé. Après quelques verres, évidemment, je m'en fichais. Dis-moi, Henry, quand tu buvais, tu pensais beaucoup à ton père ?

Je réfléchis. Entre dix-sept, l'âge où j'avais bu mon premier verre dans un troquet, et trente-quatre ans, où j'avais atterri dans un hôpital dans le coma, je n'avais presque pas vu ma famille.

— Non, pas tellement.

— C'est bien ce qu'il me semblait, dit-il. Je parie que tu as toujours été le genre d'alcoolo qui se tient et qui ne dit rien. Moi, quand j'étais sobre, j'étais toujours aussi furax contre mon vieux, mais je n'arrivais plus à me saouler pour que ça passe. Il fallait que j'attende. Tu comprends, ou bien c'est trop subtil ?

— Je comprends. Mais je ne sais pas trop où tu veux en venir, en revanche.

— Mmm, fit-il. Pour quelqu'un d'aussi intelligent, tu es remarquablement épais pour certains trucs.

— Super ! Merci, Tim. Je suppose que tu vas m'expliquer, maintenant.

— Absolument. Sœur Mary Timothy explique toujours tout. Écoute, poupée, ton mec vient de te plaquer et de se mettre avec un autre. C'est ça qui te fait tourner le lait.

— Tu as un don pour le mauvais goût et la vulgarité.

— Flatteuse.

— Je ne vois pas en quoi les deux sont liés.

— Oh, mais quelle idiote, répondit-il en faisant mine d'être exaspéré. Chérie, penses-tu vraiment avoir deux ensembles d'émotions distincts ? Si tu souffres et que tu es en colère contre Josh parce qu'il te quitte, cela va te rappeler chaque fois où un autre homme (il fit traîner longuement le *o*) t'a fait souffrir et mis en colère. Et on dirait que ton père était de la même école que le mien question éducation des enfants. (Il marqua une pause, puis il reprit, nettement plus sérieux :) Tu sais, Henry, nous sommes les seuls gens qui naissent dans le camp ennemi. C'est vrai, les bébés noirs naissent dans les familles noires, les bébés juifs chez les Juifs, mais les bébés pédés, ils naissent dans les familles hétéros. C'est un miracle qu'on survive.

— Je ne pense pas que mon père ait su que j'étais gay.

— Henry, mon chou, mais pourquoi crois-tu qu'il s'en prenait toujours à toi ? Il y avait quelque chose en toi qui lui déplaisait énormément.

— Je suis sûr qu'il y avait des tas de choses qui lui déplaisaient en moi. Mais je doute qu'il ait su que j'étais gay. Je ne l'ai su moi-même qu'à seize ans, mais tu as raison sur un point. Il m'a fait comprendre que je n'étais pas le genre d'homme qu'il admirait.

— Non, mais regarde-toi. Tu es intelligent, sensible, tu as réussi...

— Et je suis digne de confiance, loyal et obéissant.

— OK, eh bien ne prends pas ça comme un compliment, du moment que tu comprends ce que je veux dire. Il n'y a rien à reprocher au genre d'homme que tu es.

Il me fit rire.

— Ça signifie beaucoup dans la bouche de quelqu'un qui s'était déguisé en Barbara Bush pour Halloween l'an dernier.

— Salope, répondit-il. Bon, d'accord, peut-être que les dentelles, c'était un tantinet excessif, mais j'ai trouvé que je les portais bien. Bon, je peux finir ?

— Je t'en prie.

— Il n'y a rien à reprocher au genre d'homme que tu es, répéta-t-il. Oublie ce que ton père voulait que tu sois et peut-être que tu cesseras de le haïr à ce point.

— Comment as-tu fait pour devenir aussi futé, Timmy ? demandai-je après un silence.

— J'ai donné des coups de pied et poussé des cris. Et j'ai les cicatrices qui le prouvent.

— Et avec ton père ? Tu as fini par faire la paix ?

— Eh bien, dit-il prudemment, on ne sera jamais les meilleurs amis du monde, mais on se parle. Il faut que je file. Rappelle-moi si tu veux.

— Merci, Tim.

— Au revoir, poupée.

Je me levai, soudain affamé. Je me préparai des œufs brouillés au fromage, une cafetière, une tranche de pain italien grillé avec beurre et confiture, et je mis la table. Je sortis ramasser le journal. Enfoui dans la section des infos locales, un article racontait une rafle à East L.A. la veille. Grâce à la loi anti-gangs de Gus Peña, une centaine de personnes « soupçonnées d'appartenir à des gangs » avaient été arrêtées.

Quand j'arrivai au bureau, deux messages de Tomas Ochoa m'attendaient déjà. Avant que j'aie eu le temps de le rappeler, Emma entrait, l'air sinistre.

— Henry, il y a deux flics qui veulent vous parler.

— De quoi ?

— Ils n'ont rien voulu me dire, renifla-t-elle.

— D'accord, envoyez-les-moi.

Ils étaient vêtus avec une discrétion voyante. Le plus âgé était chauve, l'air hagard, avec un costume gris, une chemise blanche et une cravate bleue et grise. Le plus jeune était costaud, également en costume gris et cravate bleue, mais dans un moment de folie, il avait choisi une chemise bleue. Ils se posèrent dans les fauteuils face à moi et me jetèrent un regard impassible qui me donna l'impression d'une fouille au corps.

— Je suis l'inspecteur Laverty, dit le plus vieux. Mon collègue est l'inspecteur Merrill. Nous voulions vous parler du sénateur Peña.

— Pourquoi ? Je le connaissais à peine.

— Vous étiez à ses obsèques, dit Laverty.

— Parce que vous preniez en photo toutes les personnes présentes ? demandai-je. (Laverty préféra prendre cela pour un trait d'esprit et sourit poliment.) Il y avait la moitié de la ville, à la cérémonie.

— Ouais, et on les interroge tous, intervint Merrill.

Laverty lui jeta un regard et reprit :

— Avez-vous parlé au sénateur le soir de sa mort ?

— Non, pourquoi cette question ?

— Nous avons trouvé votre carte sur son bureau.

— Et alors ?

— Pouvez-vous nous exposer les circonstances dans lesquelles vous la lui avez donnée ? insista-t-il.

— Pas avant que vous m'ayez dit en quoi ma carte de visite est si importante pour vous. À moins que vous décidiez aussi de fouiller tout son carnet d'adresses ?

Laverty sortit un calepin.

— Le sénateur Peña vous a passé deux coups de

fil le soir où il a été tué. Le premier, à votre bureau, vers 19 heures. Le second était chez vous.

— Vous avez vérifié ses appels ? Vous devez être aux abois.

— C'est la routine.

— Dans ce cas, la liste de ses appels doit aussi vous indiquer qu'il n'a eu personne, car je n'étais pas là ce soir-là.

Laverty fit semblant de consulter ses notes.

— Non, pas à votre bureau, mais il a parlé à quelqu'un à votre domicile, car il est resté en ligne près de trois minutes. Vous avez un répondeur ? Vous n'habitez pas seul ?

— Il n'y avait pas de message de Peña sur mon répondeur, répondis-je rapidement pour dissimuler ma surprise, et je vis seul.

— D'après la compagnie du téléphone, répondit Laverty du tac au tac, une autre personne est enregistrée sous votre numéro : J. Mandel.

— Il a déménagé.

— Je vois. (Il y eut un silence, puis il reprit :) Connaissez-vous une certaine Édith Rosen ?

— Vous ne me poseriez pas la question si vous ne connaissiez pas la réponse.

— Vous lui avez parlé le lendemain de la mort du sénateur.

— Vous avez épluché ma liste d'appels aussi ?

Il se racla la gorge.

— Nous l'avons parcourue.

— Vous l'avez examinée et c'est illégal.

— Maître, dit Laverty, nous essayons de trouver

qui a tué le sénateur Peña. Nous sommes obligés de ne laisser aucune piste de côté.

— Seriez-vous en train d'insinuer qu'Édith Rosen ou moi avons quoi que ce soit à voir avec la mort de Gus ?

— Nous essayons simplement de découvrir s'il a confié quoi que ce soit à quiconque, peu avant sa mort, qui puisse nous aider.

— Messieurs, je n'ai pas parlé à Gus Peña le soir de sa mort et les conversations que j'ai pu avoir avec Édith Rosen sont protégées par le secret professionnel.

Laverty sauta aussitôt sur la question.

— Mademoiselle Rosen est une cliente ?

— Je vous ai dit tout ce que je pouvais et j'ai du travail qui m'attend.

Ils se levèrent. Il n'y eut ni poignées de mains ni remerciements. Les policiers partis, j'analysai notre petite conversation. Il était évident qu'ils n'avaient rien à se mettre sous la dent et je doutais qu'ils aient quoi que ce soit contre Michael Ruiz. Malheureusement, en invoquant le secret professionnel avec Édith, je venais de leur fournir une piste. Je l'appelai pour la prévenir.

— Ils sont déjà venus ce matin, dit-elle. Ils m'ont posé les mêmes questions que la première fois et j'ai répondu exactement la même chose.

— Vous avez invoqué le secret professionnel.

— Oui, bien sûr.

— Ils ont parlé à Chuck ?

— Pas que je sache.

— Avez-vous averti Chuck de l'absence de Michael la nuit du meurtre ?

— Oui. Et ça ne lui a pas plu.

— Lui avez-vous dit que vous aviez invoqué le secret professionnel avec les flics ?

— Non, ça ne le regarde pas. À quoi voulez-vous en venir, Henry ?

— Au fait que si vous invoquez le secret professionnel et moi aussi de mon côté, les flics vont conclure qu'on cache quelque chose.

— Le secret professionnel est là pour protéger les gens, dit-elle sévèrement.

— Ils ne voient pas les choses comme cela, lui fis-je remarquer. Ils vont probablement revenir au centre vous cuisiner. Si vous vous obstinez, ils s'adresseront à Chuck, tôt ou tard. Et il leur parlera des menaces proférées par Michael à Peña.

— Que faut-il que je fasse ? demanda-t-elle après un moment.

— Si ça doit se savoir, autant que vous le disiez vous-même.

— Vous savez bien que je ne peux pas.

— Vous préféreriez qu'ils aient la version de Chuck ?

— C'est une question de principe.

Je ne relevai pas.

— Avez-vous eu des nouvelles de Michael ?

— Non, aucune.

— Appelez-moi si vous en avez.

J'étais toujours intrigué de ces coups de fil que Peña m'avait passés selon les flics le soir de sa mort. J'étais allé directement du tribunal au restaurant avec Josh sans passer par la maison. L'unique autre personne qui avait les clés, c'était Josh, qui était déjà au restaurant quand j'étais arrivé. C'est alors que je me souvins de ce qu'il m'avait dit, tandis que je m'asseyais...

— Josh, dis-je quand il prit la ligne après que j'eus échangé quelques politesses avec sa mère, te rappelles-tu mercredi dernier, quand on s'est vus pour dîner ?

— Salut aussi, répondit-il. Oui, ça va très bien. Merci de m'avoir posé la question.

— Désolé. J'avais autre chose en tête.

— Oui, ça se sent.

Je pris une profonde inspiration.

— Josh, c'est important.

— Qu'est-ce qui est important ?

— Le soir de notre dîner.

— En quoi ?

— Je me rappelle que je me suis excusé de mon retard et que tu m'as répondu que tu venais d'arriver.

— Et ?

— Tu étais donc en retard aussi.

— Je te l'ai dit. Je suis passé à la maison prendre mon blouson de cuir.

— Tu ne m'as pas dit ça.

— Tu sais que je déteste que tu prennes ce ton d'avocat avec moi.

— Excuse-moi, dis-je en me demandant ce que

pouvait bien être un ton d'avocat, mais en jugeant que ce n'était pas le moment de se chamailler. Est-ce qu'il y a eu un coup de fil pendant que tu étais à la maison, juste avant que tu repartes ?

— Comment veux-tu que je me ra... Ah, si, quelqu'un a appelé. Un type ivre.

— Ivre ?

— Je sortais quand le téléphone a sonné. Le type était saoul. Je me suis dit que c'était un de tes clients ou quelqu'un que tu connaissais des Alcooliques Anonymes, et j'ai essayé de lui parler, mais il était complètement parti.

— Il a dit son nom ?

— Non, il s'est juste mis à parler. Comme j'étais en retard, je lui ai raccroché au nez en me disant qu'il te rappellerait quand il aurait cuvé. En quoi c'est important ?

— C'était Gus Peña.

Il resta un moment silencieux.

— Tu sais ce qu'il voulait ? demanda-t-il.

— Non. La police est venue me voir et m'a dit qu'il avait appelé. Je n'en sais pas plus.

— Désolé, j'avais l'intention de t'en parler, mais on s'est disputés.

— Tu ne te rappelles rien de ce qu'il a dit ?

— Il t'a demandé, j'ai répondu que tu n'étais pas là. Je lui ai demandé s'il voulait laisser un message et il s'est mis à débiter des trucs incohérents. J'étais pressé, j'ai coupé court.

— Il n'a pas dit pourquoi il appelait ?

— Henry, s'agaça-t-il, j'arrivais à peine à comprendre ce qu'il racontait.

— D'accord, ce n'est pas un interrogatoire, tu sais.

— Ah bon ?

— Enfin, Josh, pourquoi essaies-tu de faire un drame ? Après l'autre soir, je croyais qu'on avait fait une trêve.

— Peut-être parce que ça fait cinq ans que je reçois des coups de fil comme celui-là. Quand tu travailles sur une affaire, plus rien d'autre ne compte.

— J'ai toujours réservé du temps pour toi.

— Du temps, répéta-t-il. Je n'en ai pas autant que toi, Henry. Je ne peux pas attendre que tu aies un créneau libre dans ton agenda.

— Et ce soir ?

— Non, pas ce soir.

— Steven.

— Alors là, qui essaie de faire un drame ?

— Je t'ai simplement posé une question.

— C'était une affirmation. Eh oui, c'est Steven. Content ?

— Excuse-moi. J'ai pris mon ton d'avocat ?

Il me raccrocha au nez.

Je balayai mes ennuis conjugaux de mon esprit et essayai de réfléchir à la raison du coup de fil de Gus Peña le soir de sa mort. Ce n'était sans doute pas pour annuler le rendez-vous du lendemain. Trop simple. Pour tout le monde, Gus Peña ne buvait plus : pourquoi se serait-il trahi auprès de moi ? La seule explication possible, c'est qu'il avait des ennuis. Je mourais d'envie de savoir lesquels, mais je ne savais pas comment le découvrir.

L'interphone bourdonna un instant plus tard.

— Le professeur Ochoa en ligne, dit Emma. Vous le prenez ?

— Je pense que ça vaut mieux.

— Vous pourrez peut-être lui apprendre les bonnes manières, dit-elle avant de me le passer.

— Rios ?

— Désolé de ne pas vous avoir rappelé plus tôt.

— Comment étiez-vous au courant de la rafle d'hier soir ? demanda-t-il.

— Nous étions censés échanger des informations, il me semble.

— Les flics ont ramassé des gens dans la rue et les ont emmenés en garde à vue, continua-t-il du même ton furieux. Vous travaillez pour la police, maintenant ?

— Si c'était le cas, pourquoi vous aurais-je prévenu ?

— Pour essayer de m'incriminer. Vous pensiez que j'avertirais tout le monde et du coup, les flics s'en seraient pris à moi. Ça s'appelle tendre un piège.

— On se perdrait, à essayer de suivre les méandres de vos raisonnements. Je veux tout simplement savoir où se trouve mon client.

— Ah oui ? Qui est ce Michael Ruiz ? Un flic infiltré ?

— Ça ne mène à rien.

— Pourquoi les flics s'en prennent au *vatos* ?
— Je pense que vous le savez.
Il raccrocha. Un instant plus tard, il rappelait.
— Venez à mon bureau à 16 h 30, dit-il avant de raccrocher aussitôt.

10

Tomas enseignait à l'université d'État de Los Osos, dans une banlieue éloignée de la vallée de San Fernando. Le campus avait apparemment été dessiné par les mêmes architectes que les prisons : les bâtiments étaient un ensemble de dalles de béton reliées par des trottoirs larges comme des autoroutes qui traversaient des bandes de pelouse jaunissante. Seule l'irrépressible énergie des étudiants empêchait l'endroit d'être totalement déprimant. Derrière des stands dressés devant le syndicat des étudiants, ornés de pancartes bricolées, ils défendaient toutes sortes de causes, depuis la libération homosexuelle jusqu'aux droits des animaux. Je me sentis bien vieux en passant devant.

Ochoa attendait dans son bureau, un petit cube sinistre au bord du campus. Au mur, une affiche fanée appelait à l'expulsion des Anglo-Saxons de Californie. D'autres plus récentes proclamaient le soutien à l'OLP et commémoraient trente années de castrisme à Cuba. Ochoa avait la foi, et, bien que trouvant ses croyances stupides, j'étais bien forcé d'envier sa ténacité.

La bibliothèque, qui allait du sol au plafond, débordait de livres en anglais et espagnol : histoire, sciences politiques, littérature, sociologie, psychologie, droit. Il me lorgna d'un œil soupçonneux depuis un bureau croulant sous les documents tandis que je contemplais tous ces ouvrages.

— Vous avez beaucoup de livres, ici, dis-je en enlevant ceux qui encombraient l'unique fauteuil pour les visiteurs. Je suis surpris que vous n'ayez pas trouvé de meilleures solutions.

— Meilleures que quoi ?

— Que ça, dis-je en désignant l'affiche révolutionnaire.

— Je ne vous ai pas fait venir pour discuter de politique, répliqua-t-il. Que cherche la police ?

— D'abord, répondez à ma question. Où est Michael Ruiz ?

— Ce n'est pas un *vato*, dit-il.

— Vous en êtes certain ?

— Il voudrait bien, répondit-il avec mépris. C'est un drogué.

— Ça n'a jamais empêché personne de rejoindre un gang.

— C'est tellement facile pour vous autres de les balayer d'une chiquenaude, dit-il. Tout comme vous l'avez fait avec le reste de votre héritage.

— Les gangs n'en font pas partie. Alors, Michael ?

— Il a essayé de s'intégrer aux Dogtown, mais il n'était pas à la hauteur. Pas assez homme, ajouta-t-il, exprès.

— Vous savez où il est ? demandai-je sans relever.

— Je vous ai donné votre renseignement, maintenant, à votre tour. Que veulent les flics ?

— Selon toute apparence, Peña a été abattu depuis une voiture qui passait. Les flics pensent que ce sont les gangs.

— C'est ridicule.

— C'est vous qui dites que les gangs sont des révolutionnaires urbains. Peut-être qu'ils ont fini par vous croire.

— N'essayez pas de m'impliquer, se renfrogna-t-il.

— Vous vous y êtes très bien employé tout seul en faisant des discours partout après la mort de Peña. J'ai vu que vous incitiez quasiment à la révolte, samedi soir.

— Les flics m'ont dans le collimateur ? demanda-t-il, l'air inquiet.

— Je ne sais pas, Tomas, mais j'arrêterais mes discours, si j'étais vous.

— Bon sang, je dois être titularisé cette année, Rios. Qu'est-ce que je dois faire ?

— La même chose que Che Guevara à votre place, répondis-je en me levant, ravi de son embarras.

Quand j'arrivai à ma voiture, le téléphone sonnait. C'était Emma. Elle me prévenait qu'Édith Rosen avait appelé et que je devais la retrouver d'urgence au SafeHouse. Je tentai d'appeler le centre, mais la ligne étant occupée, je repartis en ville.

— Édith Rosen est là ? demandai-je au maigrichon au crâne rasé qui traînait dans le hall du SafeHouse.

— Non, mec, les flics l'ont emmenée.

— Où ?

Il me jeta un regard vide et haussa les épaules.

— Chez les flics, mec.

— Et Chuck Sweeny ?

— Il l'a accompagnée, dit le jeune homme avant de s'éloigner, absolument pas intéressé par la question.

C'est après une demi-douzaine de coups de fil que je retrouvai leur trace au Parker Center, le siège de la police du centre-ville. Chuck Sweeny m'attendait.

— On a essayé de vous appeler avant de partir, dit-il, une fois que j'eus expliqué au policier de l'accueil la raison de ma visite.

— Dites-moi ce qui se passe.

— Des policiers sont venus au centre pour parler à Édith. Je leur ai dit que leur présence était gênante pour certains de nos pensionnaires et ils nous ont proposé de venir ici.

— Proposé, hein ?

— Nous voulons coopérer, Henry, dit-il sans se démonter. Nous sommes de bons citoyens.

— Qui ça « nous » ?

— Les gens comme vous et moi. D'anciens alcooliques, d'anciens drogués.

— Édith n'est ni l'un ni l'autre, lui fis-je remarquer. C'est une psychothérapeute qui essaie de protéger son patient.

— C'est une forme de malhonnêteté, répondit-il. Si elle sait quelque chose, elle devrait le dire. Un homme a été tué.

— Et vous avez déjà accusé Michael Ruiz de ce crime, n'est-ce pas, Chuck ? Vous n'avez jamais entendu parler de la présomption d'innocence ?

Il me dédia son sourire commercial :

— Mais oui, c'est derrière ça que se cachent les criminels quand on les pince.

Le policier de l'accueil m'annonça que je pouvais aller retrouver Édith en salle d'interrogatoire et me donna un badge visiteur. Un second policier vint m'accompagner.

— Vous venez ? demandai-je à Sweeny.

— Elle est en de bonnes mains, je n'en doute pas, dit-il en s'apprêtant à partir.

Alors que je suivais le policier dans le dédale des couloirs, il me parut fort probable que Sweeny avait intentionnellement organisé leur visite ici afin d'aider les flics à la faire craquer. La duplicité de cet homme semblait sans fond.

Édith, assise derrière un bureau métallique gris, buvait du café dans un gobelet en carton. Mon vieil ami l'inspecteur Laverty était assis en face d'elle, manches retroussées, cravate dénouée. Merrill était adossé contre le mur. Ils levèrent les yeux vers moi alors que je me plaçais derrière la chaise d'Édith.

— M. Rios, lâcha Laverty en guise de salut.

— Tout va bien, Édith ? demandai-je.

Elle leva vers moi un visage impassible, mais ses yeux lançaient des éclairs.

— Je voudrais rentrer.

— Je ne vois rien qui vous en empêche, répondis-je en regardant les deux inspecteurs.

— Un instant, intervint Laverty. Nous pensons que Mlle Rosen a des informations matérielles concernant la mort du sénateur Peña. Nous aimerions qu'elle coopère.

— Je leur ai dit que tout ce que je savais de Gus était protégé par le secret professionnel, me dit-elle.

— Il ne s'agit pas de Peña, mais de l'un de ses autres patients, dit Laverty. Un jeune nommé Michael Ruiz.

— Le secret professionnel s'applique tout autant à lui, dis-je.

— Ce garçon est soupçonné du meurtre de Peña, dit l'inspecteur.

— Vous allez devoir trouver d'autres indicateurs, répondis-je.

— Nous pouvons la retenir comme témoin.

— Inspecteur, il n'y a rien dans les lois de cet État qui autorise la police à détenir quelqu'un sous prétexte qu'elle pense que cette personne sait quelque chose sur un crime. Aussi, à moins que vous n'ayez un motif d'inculpation quelconque, nous partons.

— Vous avez entendu parler de la section 148 du Code pénal ?

— Résistance à arrestation ? répondis-je. Je vous en prie.

— Cela concerne également l'obstruction d'une enquête policière.

— Ce n'est pas vraiment la situation. Cette femme est psychothérapeute. Elle a tout à fait le droit de refuser de répondre à toute question qui, selon elle, viole le secret professionnel. Vous essayez simplement de l'intimider.

Merrill se redressa.

— Elle nous a accompagnés ici de son plein gré.

— Et alors ? rétorquai-je. Vous pensez que nous sommes sur un territoire sacré ? Que la loi cesse de s'appliquer une fois qu'on a franchi le seuil de ce bâtiment ? Venez, Édith, nous partons.

— Merci pour le café, dit-elle à Merrill en se levant.

Laverty nous regarda.

— Suivez la ligne bleue peinte par terre, plaisanta-t-il. Elle indique la sortie. Merci de votre temps, mademoiselle.

Une fois dehors, elle respira longuement, puis :

— Merci, Henry. Je commençais vraiment à me sentir mal, là-dedans.

— Vous êtes venue avec Chuck Sweeny ? demandai-je. (Elle hocha la tête.) Il est reparti. Je vous raccompagne au centre.

Nous nous dirigeâmes vers ma voiture, garée devant le bâtiment fédéral en face du Parker Center. Un peu plus loin, des lumières scintillaient dans la tour de l'hôtel de ville. Une odeur d'urine flottait dans l'air. Politiciens et bureaucrates étant partis, la nuit, les sans-abri rôdaient sur les terrains des bâtiments officiels pour trouver un endroit sûr où dormir.

— Comment sont-ils au courant pour Michael ? demandai-je alors que nous arrivions à la voiture.

— Chuck, répondit-elle aigrement. Vous aviez raison. Ils sont revenus au centre lui parler. Il a dû leur dire que Michael avait menacé Gus. Après quoi, ils sont venus me voir et nous avons atterri ici.

— Vous avez eu des nouvelles de Michael ?

— Pas la moindre.

— Maintenant qu'ils sont au courant, dis-je alors que nous passions devant l'hôtel de ville, ils vont revenir interroger tous les gens qui peuvent être au courant selon eux. Nous devons essayer de les devancer.

— Comment ?

— Voyez-vous quelqu'un au centre à qui il aurait pu se confier ? Quelqu'un qui saurait où il est ?

Elle réfléchit un moment.

— Il avait un compagnon de chambre, un gamin du nom de Lonnie Davis. Il a quitté le centre il y a deux jours. Je vais retrouver son adresse.

— Bien. Je lui parlerai. Édith, je veux que vous oubliiez un instant le secret professionnel et que vous me disiez quelque chose. Pourquoi Michael a-t-il menacé Peña de mort ? Il s'est passé quelque chose de précis ? (Elle hésita.) Écoutez, je suis apparemment l'avocat du gamin. Dites-le-moi, pour que je puisse l'aider.

— Ce n'était pas un incident isolé ni une mésentente entre les deux. Henry, que savez-vous du centre et de ses règles ?

— Pas grand-chose, concédai-je.

— Quand on s'y inscrit, expliqua-t-elle, on accepte de rester trois mois. Le contact avec l'extérieur est strictement contrôlé. Il faut participer aux groupes de parole et aux thérapies. Observer le couvre-feu et se soumettre à des tests de dépistage de drogues ponctuels. Tout le monde y était astreint, mais pas Gus Peña. Il est resté moins d'un mois et en gros, il a fait ce qu'il voulait.

— Pourquoi Gus ne respectait-il pas les règles ?

— Il était président du comité sénatorial qui décide des financements de centres comme le nôtre. Chuck voulait que Peña lui soit redevable.

— Je vois.

— Michael ne voulait pas être au SafeHouse et il a vraiment été furieux de voir que Gus passait au travers du filet alors qu'il était forcé de se soumettre.

— Ce qui ne semble toujours pas suffisant pour proférer des menaces de mort.

— Non, mais c'est l'arrogance de Gus qui faisait enrager Michael. Le mépris avec lequel il le traitait. Ils se haïssaient vraiment et ils se disputaient avec le genre de violence qu'on ne voit que dans des familles.

11

Lonnie Davis habitait un bâtiment rose de West Hollywood baptisé Essex House. Les vestiges d'un jardin survivaient tant bien que mal sur une bande de terre desséchée entre le trottoir et la façade. Un auvent vert fané pendait au-dessus de l'entrée. Je composai son numéro sur le clavier de l'interphone et l'ouvre-porte bourdonna. Je poussai la porte en acier et me retrouvai dans un hall, suivi d'un couloir où une petite fenêtre encadrait la vue d'une cour dallée. Au centre s'étendait une piscine entourée de chaises longues. Les derniers rayons de soleil de l'après-midi scintillaient à la surface de l'eau. C'était l'un de ces moments secrets où la ville révèle sa véritable nature sensuelle, lorsque lumière et eau se frôlent comme deux peaux qui se touchent. Je restai un moment, écumant dans mon costume, à laisser la petite brise me rafraîchir. Je n'avais aucune envie de me retrouver chez un inconnu à argumenter avec lui ou le forcer à se souvenir. J'aurais préféré me déshabiller et piquer une tête dans l'eau. Mais je tournai les talons et descendis le couloir à la recherche de l'appartement de Lonnie Davis.

Édith Rosen l'ayant qualifié de gamin, je m'attendais à trouver quelqu'un d'aussi jeune et farouche que Michael Ruiz. L'homme sec et musclé qui m'ouvrit la porte en jeans et débardeur blanc, avait au moins trente ans. Des années difficiles avaient laissé leurs traces sous ses yeux et autour de sa bouche, mais son visage aux traits dessinés gardait encore le souvenir d'une beauté innocente. Ses yeux bleus étaient aussi calmes et limpides que la piscine, avec la même profondeur sexuelle. Cela faisait longtemps qu'on ne m'avait pas jeté le regard auquel j'eus droit.

— Lonnie ? Je suis Henry Rios.

— Entrez, dit-il, décontracté, en s'effaçant.

Il habitait un vaste studio carré simplement meublé d'un matelas, d'une lampe et d'une télé portable posée au pied du lit. Deux chaises étaient pliées contre le mur. Le lit était défait. En équilibre sur une pile de bouquins de poche, un cendrier contenait quelques mégots. Les stores de l'unique fenêtre étaient tirés, mais j'entendais le clapotis de l'eau dans la piscine.

Il déplia les chaises et les planta au milieu de la pièce.

— Asseyez-vous. Vous voulez un Coca ou autre chose ?

— Un Coca sera parfait.

Il disparut dans la cuisine et j'entendis grincer une porte, puis un tintement de glaçons dans des verres. Parmi les livres se trouvait le manuel des Alcooliques Anonymes, un ouvrage sur la méditation et *Du Côté de Chez Swann*, avec un marque-page glissé au premier quart.

Il revint avec deux verres, suivit mon regard et déclara :

— Des livres pour affronter une nouvelle vie.

— Proust aussi ?

— Tenez, asseyez-vous, dit-il avec un accent traînant qui me sembla du Sud. Je trimballe ce livre depuis dix ans, continua-t-il. Vous voyez où j'en suis arrivé. Il paraît que c'est l'un des grands ancêtres de l'homosexualité.

La remarque était une invitation à me révéler à mon tour.

— J'ai essayé de le lire pour la même raison, moi aussi. Mais je ne suis pas allé plus loin que vous. (Je bus une gorgée de Coca.) Vous étiez le compagnon de chambre de Michael Ruiz au SafeHouse.

— Mais oui. Ça ne vous ennuie pas que je fume, M. Rios ?

— Vous êtes chez vous, Lonnie. Appelez-moi Henry, OK ?

Il alla prendre le cendrier et un paquet de Merit.

— Vous voulez enlever votre veste ?

Je l'ôtai et la jetai sur le lit.

— Je peux ?

— Ouais, sourit-il. Elle y sera très bien.

— Alors, vous étiez ami avec Michael ?

— Au début, il était assez sympa, mais quand je lui ai dit que j'étais gay, il a pris ses distances, dit-il en balayant la fumée d'un revers de main. Il devait avoir peur que je lui saute dessus.

— Il avait peur ou il l'espérait ?

— Mike était hétéro. J'en suis sûr. Même avant que je lui dise pour moi, il me parlait déjà de sa petite copine.

— Une petite copine ? Vous vous souvenez de son nom ?

Il secoua sa cendre dans le cendrier posé sur la chaise entre ses cuisses.

— Sur le coup, non. Il n'en a parlé qu'une ou deux fois, après lui avoir téléphoné. Mais je vous l'ai dit, c'était au début. Avant qu'il sache. Après...

Il haussa les épaules.

— C'est assez important.

Il passa ses doigts aux ongles rongés dans ses cheveux en brosse.

— Laissez-moi y réfléchir.

— Vous a-t-il dit quoi que ce soit sur Gus Peña ?

— Le sénateur ? Non. Ça a un rapport avec le meurtre ?

— Peut-être. Michael était-il proche de quelqu'un d'autre, au centre ?

Lonnie sourit bravement, mais secoua la tête.

— Désolé. Je sais que je ne vous aide pas beaucoup, là.

— Le nom de la petite copine m'aiderait beaucoup, si vous vous en souvenez.

— Attendez, dit-il en se levant. Peut-être que je

l'ai noté. (Il alla ouvrir un placard.) Je tenais un journal quand j'étais là-bas, reprit-il, le dos tourné. J'ai peut-être écrit le nom dedans.

Il leva les bras vers une étagère et je contemplai les muscles de ses épaules. La lumière baissait dans la pièce. Des ombres creusaient les draps froissés sur le lit. Je me levai et allai remonter le store. La piscine était déserte et seule subsistait la trace de quelques remous et des empreintes de pieds nus sur les dalles. Lonnie vint me rejoindre. Le cahier qu'il tenait était couvert d'une grosse écriture contournée.

— Qu'est-ce que vous regardez ? demanda-t-il.

— La piscine. Vous avez trouvé quelque chose ?

— Attendez une minute. (Il se pencha sur le cahier en tournant lentement les pages.) Putain, j'étais dans un de ces états, dit-il en lisant. Ah, voilà. Elle s'appelait Angie.

Il désigna une ligne où je distinguai les prénoms Mike et Angie.

— C'est tout ce que vous avez sur elle ?

— Attendez, je regarde. Oui, juste qu'il disait l'avoir appelée ce soir-là. (Il referma le cahier.) Écoutez, ça m'ennuie de vous le donner, mais je vais le relire ce soir pour voir si je trouve autre chose.

— Ce serait gentil de votre part.

— Dites, vous avez envie de vous baigner ? (Je le regardai, prêt à refuser.) Vous avez vraiment l'air de crever de chaud. Je vous prête un maillot.

— D'accord.

L'eau était plus fraîche que je le pensais. Le ciel était bleu et sans étoiles. Lonnie avait suivi pendant quelques longueurs, puis il était allé se reposer dans un coin et me regardait continuer. Je vins le rejoindre lorsque j'en eus assez.

— Quand vous nagez, vous, vous nagez vraiment.

— Ça me fait du bien d'utiliser mon corps, ça me change.

— Utiliser et abuser de son corps, je sais ce que c'est, répondit-il. C'est comme ça que j'ai fini au Safe-House.

— Que voulez-vous dire ?

Il se hissa sur le rebord de la piscine. L'eau ruissela sur son corps mince et dur.

— Je suis arrivé ici du Tennessee pour faire mes études il y a longtemps. J'avais dix-huit ans, j'étais mignon et prêt à tout côté lit. J'avais beaucoup d'amis. (Il rejeta ses cheveux en arrière.) Ce qu'il y a, c'est qu'on ne reste pas éternellement jeune et mignon. Il a fallu que je picole de plus en plus pour entretenir l'illusion, mais il n'y avait que moi que ça trompait. Les amis ont disparu les uns après les autres, la fête a continué, et je me suis réveillé un matin à trente et un an, fauché et alcoolique. (Le ton était triste, mais sans auto-apitoiement.) J'avais le choix : soit j'avalais des cachets, soit je recommençais à zéro.

— Vous avez fait le bon choix, dis-je.

— Certains jours, ça me paraît plus vrai qu'à d'autres. Et vous, c'est quoi, votre histoire ?

Je sortis de l'eau et m'assis à côté de lui. Nos jambes se frôlèrent.

— Pas tellement différente de la vôtre, sauf que c'est à trente-trois ans que je me suis réveillé alcoolo et que j'avais un diplôme de droit.

— Eh bien, si vous avez étudié comme vous nagez, ça ne m'étonne pas. Vous n'êtes pas vraiment du genre décontracté, Henry, hein ?

— Non, pas vraiment.

La piscine s'alluma. D'une fenêtre ouverte nous parvenaient les bruits de télés et de radios et des odeurs de cuisine. Lonnie posa la main sur mes reins.

— Ça ne t'ennuie pas ?

— Non, pas du tout.

Des odeurs étrangères s'élevaient du lit en désordre. Les draps s'entortillaient sous lui et sa tête était enfoncée dans un oreiller alors que je le pénétrais. Il geignit, pressa ses jambes contre mes épaules. Je me penchai le plus possible, les poils de ma poitrine frôlant sa peau lisse. Il releva la tête et m'embrassa brutalement. De sa main libre, il frottait son sexe sur mes abdominaux. Je me redressai et il se masturba, jouissant sur mon ventre. Je jouis à mon tour, puis je me retirai lentement. Il sourit alors que j'enlevais le préservatif et le laissais tomber à côté du lit.

— Ça ne t'amuserait pas que ce bon vieux Jesse Helms nous voie en ce moment ?

— Non, pas plus que ça, souris-je en me laissant retomber sur le lit à côté de lui. Bien sûr, je suis assez âgé pour me rappeler l'époque où baiser un garçon n'était pas un geste politique.

— Ça fait longtemps que je ne suis plus un garçon.

— Mais je parie que tu étais un sacré beau garçon dans ce temps-là.

Il se colla contre moi et je passai un bras autour de lui.

— On devrait prendre une douche, dit-il.

Ni lui ni moi ne bougeâmes. L'odeur d'eau de Javel et de sperme flottait dans l'air.

— Merci, dis-je.

— Tout le plaisir était pour moi. (Il ramassa une serviette et s'essuya avant de me la passer.) Tu as un mec, Henry ?

Je reposai la serviette.

— Je crois que nous sommes en train de nous séparer. Et toi ?

— Je n'ai jamais été le genre qui se marie.

— Tu veux qu'on aille manger un morceau quelque part ?

— Bien sûr. Prenons une douche avant.

Après dîner, je déposai Lonnie chez lui et rentrai par Sunset. La nuit était belle. Je baissai les vitres, ouvris le toit et une brise fraîche envahit la voiture. Sur Sunset Plaza, les terrasses débordaient de clients dînant aux chandelles de plats de pâtes hors de prix. Des mannequins haute couture prenaient la pose dans les vitrines des boutiques. Une femme en cuir rouge promenait un danois et les lumières de la ville flamboyaient dans l'air limpide. J'étais absurdement heureux. Pendant quelques heures, j'avais flotté sur un nuage de possibilités – cela ne m'était pas arrivé depuis longtemps et cela avait été délicieux.

Quand j'arrivai, je trouvai quatre messages sur le répondeur et le téléphone sonnait. Toujours d'aussi bonne humeur, je décrochai avec un « allô ? » jovial.

– Henry, c'est Josh. Ça fait des heures que j'appelle, dit-il d'une voix tendue et inquiète.

– Qu'est-ce qui t'arrive ?

– Steve a eu une espèce de crise. Je suis à l'hôpital avec lui.

Je m'assis sans trop savoir quoi dire.

– Les médecins savent ce qui se passe ?

– Son docteur pense que c'est une toxoplasmose. On attend demain pour faire un scanner. Pour l'instant, il dort.

– Vous êtes à quel hôpital ?

– Midtown. Je sais que c'est mal venu, mais pourrais-tu me rejoindre et me tenir compagnie un petit peu, Henry ?

– C'est sur Genessee et la Troisième, c'est ça ?

– Oui, je t'attendrai devant.

Je ressortis sans écouter les messages.

Je le trouvai sous un lampadaire et reconnus les cheveux hirsutes et le sweat-shirt à capuche. Je me garai et ouvris la portière côté passager. Il sauta à l'intérieur, me regarda.

– Merci, Henry.

Il avait la main bandée.

— Qu'est-ce qui t'est arrivé ?

— Je te dirai plus tard.

— Tu as mangé ?

— Non. On ne va pas trop loin ? Je ne voudrais pas m'attarder.

— Je comprends, dis-je en redémarrant.

Une cafétéria proche restait ouverte toute la nuit. L'éclairage aveuglant faisait luire les banquettes en skaï orange et le formica marron des tables. Une ardoise annonçait les spécialités du jour : foie aux oignons, filet de poisson, spaghettis. Derrière le comptoir était exposé un assortiment de pâtisseries. Une serveuse à l'immense chignon nous conduisit à une banquette et nous donna des menus. Josh ne regarda pas le sien et se contenta de commander un café.

— Apportez-lui un hamburger, dis-je. Moi, je vais prendre un thé glacé et un *apple-pie*.

— Très bien, dit-elle d'une voix traînante.

— Désolé d'avoir été hystérique au téléphone, dit Josh.

— Raconte-moi ce qui vous est arrivé.

Un serveur nous apporta les boissons. De sa main valide, Josh versa du sucre et du lait dans le café.

— Quand je suis allé chez Steven cet après-midi, il était couché et se plaignait d'avoir la migraine. Euh... je me suis couché aussi. Je me suis assoupi. Et puis tout d'un coup, le lit s'est mis à vibrer, tu peux pas savoir. J'ai cru que c'était un tremblement de terre.

(Il but une rapide gorgée de café.) C'était Steven qui se contorsionnait sur le lit. On aurait dit qu'il étouffait. Je ne savais pas quoi faire, alors je me suis assis sur lui pour l'empêcher de tomber et je lui ai ouvert la bouche de force : il était en train d'avaler sa langue. (La tasse trembla dans sa main et il la posa en en renversant un peu.) Excuse-moi, je croyais que je m'étais calmé.

— Ça ne fait rien, dis-je en posant ma main sur la sienne. (Il la serra.) Tu as mis les doigts dans sa bouche pour l'empêcher de l'avaler.

— Oui, il a failli me couper l'index, mais il a arrêté de trembler et s'est comme évanoui. J'ai appelé une ambulance. En route, il a eu une autre crise. On nous a admis aux urgences. On m'a fait un pansement, puis j'ai appelé son médecin et ensuite, je t'ai appelé.

La serveuse déposa devant lui une grande assiette avec un hamburger mollasson et un monceau de frites. Il le prit et mordit avidement dedans.

— C'est arrivé tellement vite que je n'ai pas eu le temps d'avoir peur, dit-il, la bouche pleine. (Il avala.) C'est seulement après en attendant que j'ai commencé.

— Je croyais qu'il y avait des signes avant-coureurs pour la toxoplasmose.

— Pas toujours. Parfois, c'est la crise qui est le premier signe. C'est le problème avec cette saloperie de maladie. Un jour, ça va, et le lendemain, tu te retrouves à l'hôpital à lutter contre un truc que tu ne savais même pas que tu avais. (Il contempla le hamburger.) Je ne sais pas pourquoi je mange ça, je vais sûrement le vomir après.

— Continue. Tu te sentiras mieux.

— Tu es toujours tellement pragmatique, Henry, dit-il avec un sourire las. Je parie que tu aurais su comment réagir.

— Si c'est la toxoplasmose, ils savent la soigner, non ?

— Oui, je crois. (Il entama les frites.) Ils peuvent la traiter, mais pas la guérir. Ils ne peuvent rien guérir.

— Je suis désolé, Josh, dis-je en mangeant mon *apple-pie*. J'espère qu'il s'en sortira.

— Ça doit être vraiment dur pour toi, non ?

— Ce qui est dur, c'est de ne pas savoir où nous en sommes, toi et moi.

— Je ne peux pas revenir. Tout a changé, à présent.

— Tu sais que tu peux toujours m'appeler.

— Henry, je le sais depuis le premier jour.

Il y avait un cinquième message sur le répondeur quand je rentrai. Les quatre premiers étaient de Josh. Le dernier d'une voix d'homme qui disait :

— Merci pour ce soir.

12

Le lendemain était un jeudi. Une semaine s'était écoulée depuis le meurtre de Gus Peña. L'affaire avait quitté la une de la première section du *Times* pour faire celle de la section locale. Il y était autant question de politique que d'enquête criminelle. Un groupe de leaders de la communauté latina accusait la police de ne pas montrer assez d'empressement à trouver l'assassin, tandis qu'un autre déplorait les rafles parmi les gangs d'East Los Angeles. Côté enquête proprement dite, une nouvelle expression avait vu le jour dans les communiqués de presse de la police : un « suspect potentiel » avait été identifié. Sur le chemin de mon cabinet, je m'arrêtai au SafeHouse pour parler à Édith Rosen. Je la trouvai derrière son bureau encombré en train de lire le même article que moi durant mon petit déjeuner.

— J'imagine que c'est Michael leur suspect potentiel, dis-je. Des nouvelles ?

Elle plia le journal et le reposa.

— Ses parents ne veulent plus me parler.

— Pourquoi ?

— Quand la police leur a dit que Michael avait menacé Gus, sa mère m'a téléphoné et a exigé de savoir pourquoi je n'en avais rien dit. J'ai essayé d'expliquer que je ne pouvais pas, mais elle ne m'a pas écouté. Pour elle, si Michael a des ennuis, c'est ma faute.

— D'après ce que vous m'aviez dit d'eux, je ne les voyais pas se soucier de la question.

— Si vous l'aviez vue, vous comprendriez. (Elle souleva sa tasse et prit une gorgée.) Vous en voulez une ?

— Non, merci. Je veux terminer notre conversation concernant Michael et Gus.

— Comment cela ? demanda-t-elle en la reposant sur un dossier.

— S'il se trouve que c'est Michael qui a tué Gus, je veux connaître les chances que j'ai de m'appuyer sur une sorte d'argument psychologique pour sa défense. Vous m'avez dit qu'ils se détestaient comme on se hait seulement dans les familles. Qu'est-ce qui vous a fait penser cela ?

Elle se frotta les yeux d'un geste las. Apparemment, elle n'avait pas beaucoup dormi.

— Pensez-vous vraiment que cela va l'aider ?

— Je ne le saurai que quand vous m'aurez répondu.

— Il faut commencer par Gus. Un homme qui s'est fait tout seul, malgré une enfance très dure. Son père était alcoolique et violent. Gus étant l'aîné, il a eu droit au pire. Vous savez, il aurait très bien pu finir dans un gang avec un casier judiciaire et aucun avenir.

— Il était intelligent. C'est ce qui a fait la différence.

Elle hocha distraitement la tête.

— Intelligent et révolté. Même cela, parfois, ça ne suffit pas. Pour vous dire la vérité, Henry, j'ignore ce qu'il en est des gens comme Gus. Tout était statistiquement contre lui, mais regardez jusqu'où il est arrivé.

Mon expérience me dicta une solution :

— Peut-être qu'il a réfléchi et vu que c'était possible. Peut-être qu'il a imaginé qu'il pourrait devenir quelqu'un.

— Oui, mais quand et comment, c'est tout le mystère. Quelle qu'ait été l'origine de ses ambitions, elles étaient féroces. Et sans concessions. Ni pour lui ni pour les autres.

— C'est sans doute là qu'intervient Michael Ruiz.

— Michael avait eu tous les privilèges dont Gus avait été privé. Sa famille est aisée, et ses parents, mis à part le reste, ne sont en tout cas pas alcooliques. Du point de vue de Gus, Michael avait bradé tous ses avantages. Évidemment, Gus ne connaissait pas la moitié de l'histoire.

— Quelle est l'autre ?

Quelqu'un cria dans le couloir, puis les cris cessèrent aussi brusquement qu'ils avaient commencé, sur un claquement de porte.

— Je pense vous avoir déjà dit que les parents de Michael étaient des acharnés comme Gus, et qu'ils ont aussi bien réussi. Michael en a payé le prix.

— Vous m'aviez dit qu'il avait été surtout élevé par sa grand-mère.

— Ce n'est pas un hasard. Quand il avait trois ans, il a été admis d'urgence à l'hôpital pour un traumatisme crânien. Sa mère a déclaré qu'il était tombé dans les escaliers. Son père n'était pas à la maison à ce moment-là. Les services sociaux ont mené une enquête et il a finalement été placé chez sa grand-mère. Il a été rendu plus tard à ses parents et le dossier a été scellé. Je n'ai fait la découverte que... (Elle s'interrompit.) Enfin, ce n'est pas important. Il y avait un dossier et je l'ai découvert.

— La maltraitance a cessé ?

— Quand j'ai abordé le sujet, Michael a prétendu ne pas savoir de quoi je parlais, mais son comportement prouve qu'il a été maltraité. Quand on répète constamment et longtemps à un gosse qu'il est mauvais, il finit par le devenir.

— « Ceux à qui il est fait le mal, font le mal en retour », citai-je. C'est un vers d'un poème.

— Le seul mal que Michael ait jamais fait, c'est à lui-même, dit-elle. Quoi qu'il en soit, vous aviez d'un côté Gus dans le rôle du père violent et Michael dans celui du fils révolté. Et ils étaient l'un et l'autre Chicanos, donc d'une culture où il est indispensable de ne jamais céder.

— Je connais cela.

— Je ne pense pas que Michael ait tué Gus, dit-elle. Je ne pense pas qu'il avait cela en lui, mais s'il l'a fait, c'est à cause de cette lutte.

— Nous devons le retrouver.

— Je sais. Essayez auprès de ses parents. Peut-être aurez-vous plus de chance que moi. (Elle chercha une carte dans son Rolodex, griffonna une adresse dans la vallée et un numéro de téléphone.) Sa mère s'appelle Carolina et son père Bill.

J'empochai le papier, la remerciai et partis.

J'avais laissé plusieurs messages chez les Ruiz, mais Carolina ne me rappela que le lendemain après-midi. J'étais en train de dicter sur cassette des notes extraites des minutes d'un procès pour meurtre. Une douzaine de dossiers identiques attendaient que je m'occupe d'eux. J'avais repris l'affaire en appel auprès d'un collègue qui l'avait plaidée et m'assurait que les erreurs du juge vous sautaient au nez. Pour le moment, tout ce que j'avais remarqué dans ces pages, c'était son sale caractère. La sonnerie du téléphone fut un soulagement.

— Carolina Ruiz, me prévint Emma du ton qu'elle réservait aux sales cons.

— OK, merci, dis-je en prenant l'appel. Mme Ruiz ?

— Qui vous a engagé comme avocat de Michael ? commença-t-elle d'entrée.

Je marquai ma page dans le dossier et le refermai.

— Le directeur du SafeHouse a voulu faire

expulser Michael. Édith Rosen m'a demandé de lui parler. Nous avons réussi à nous entendre et Michael est resté. Quand il est apparu que la police le recherchait concernant le meurtre de Gus Peña, Mme Rosen m'a demandé de l'aider de nouveau. Personne ne m'a véritablement engagé.

— Ça, vous avez bien raison, dit-elle. Si Mikey a besoin d'un avocat, son père et moi, on peut s'en occuper.

— Je pense qu'il en a besoin.

— Il n'a rien fait, répliqua-t-elle.

— Mme. Ruiz, au minimum, il a violé sa conditionnelle en quittant le SafeHouse et il est également suspect dans le meurtre de Gus Peña. Dès que les policiers le trouveront, il sera mis en détention. Ce qui leur donnera tout le temps qu'il leur faut pour l'interroger.

Elle mit un moment à répondre, mais ce fut d'un ton amer.

— Mon fils n'a rien à voir avec le meurtre de Gus Peña. Si cette femme n'avait pas parlé à la police, Mikey serait toujours au SafeHouse.

— Ce n'est pas Mme Rosen qui a parlé à la police des menaces proférées par Michael.

— Écoutez, je m'en fiche de qui a dit quoi à qui. Mon fils n'a rien fait de mal et il n'a pas besoin de vous.

— Très bien, Mme Ruiz, comme vous voudrez. Vous avez raison, personne ne m'ayant engagé pour défendre Michael, je me retire, mais suivez mon conseil et prenez-lui un avocat. Quand les flics l'auront pincé, il en aura grandement besoin.

— Me dites pas comment je dois m'occuper de mon fils, dit-elle avant de raccrocher.

J'en fis autant et m'adressai à Emma qui venait d'entrer :

— Quelle mégère, vous ne trouvez pas ?

— Mais non, dit Emma en faisant la grimace. C'est une mère. Vous pouvez signer ces chèques ?

Je signai la pile de chèques qu'elle venait de déposer devant moi.

— Comment des gens aimables comme nous peuvent-il bien exercer ce métier ? demandai-je.

Elle secoua la tête, agitant ses tresses compliquées.

— J'ai besoin de manger. Vous, vous voulez sauver le monde.

— Comme si le monde s'en était aperçu.

— C'est juste le coup de blues du vendredi après-midi, Henry. Prenez votre journée.

— Je cherche une aiguille dans une botte de foin, dis-je en indiquant le tas de dossiers.

— Ils bougeront pas de là.

— Vous savez que vous avez raison ? Filez, Emma, on ferme boutique.

Après son départ, je restai à mon cabinet, en me demandant que faire de ce premier week-end de libre que je m'octroyais depuis des mois. La pensée de rentrer dans un appartement vide me donnait envie de dormir sur le canapé de la salle d'attente. Je songeai à appeler Lonnie Davis, mais ce genre de distraction n'était pas vraiment non plus ce qu'il me fallait. C'est alors que je me rappelai Éric Andersen et son amant, Andy Otero.

Je connaissais Éric depuis la fac. Andy et lui habitaient aux alentours de Santa Barbara dans une plantation d'avocatiers qui appartenait à la famille d'Éric depuis huit générations. Je voyais celui-ci une ou deux fois par an quand il venait en ville et cela faisait des années qu'il me suppliait de monter les voir. J'appelai, m'imaginant déjà en route.

On accédait à la plantation, située au fond d'un canyon non loin du Coast Highway, par une étroite route criblée d'ornières qui coupait entre les collines nues et brunes et les plaines ombragées de grands eucalyptus. Des vaches paissaient paisiblement le long de la route. Éric et Andy vivaient dans un cottage construit par l'arrière-grand-père d'Éric, descendant d'une famille de propriétaires terriens mexicains des années 1890. Les deux hommes l'avaient restauré avec amour.

Ils étaient ensemble depuis seize ans, depuis l'époque où Éric était revenu à Santa Barbara à vingt-quatre ans pour reprendre la plantation. Il avait rencontré Andy, alors lycéen et âgé de dix-huit ans, engagé comme ouvrier agricole cet été-là dans l'exploitation. Physiquement, ils n'auraient pu être plus différents. Éric, grand et blond, fils d'une Mexicaine et d'un Danois. Andy Otero, avec ses cheveux noirs, n'était qu'à une génération d'un village mexicain de Guanajuato. Leur amour égalait celui qu'ils portaient à leur plantation, et lorsque Andy n'y travaillait pas, il peignait.

Sur ses toiles, la terre, dorée, ondoyait sous un ciel délicat et bienveillant, seulement semée de clôtures en bois et de bosquets de chênes et d'eucalyptus. Dans d'autres, les petits avocatiers ponctuaient une terre grasse et noire comme des nuages verts. Ses tableaux rendaient parfaitement la lumière couleur de limon et la campagne desséchée mais pourtant fertile. Alors que l'océan s'étendait juste au-delà du canyon, Andy le représentait rarement directement, mais il le suggérait toujours dans ses peintures, comme si la terre était un coquillage rejeté par les vagues. Plus le sujet était minimaliste, plus il signifiait quelque chose. Dans une nature morte représentant des avocats, dont l'un d'eux était ouvert, la chair verte et jaune luisait avec toute la sensualité de la terre qui l'avait nourri.

Je passai une bonne partie du week-end à me promener dans la propriété avec eux. C'était particulièrement agréable de bavarder avec Éric, qui m'écoutait inlassablement lui parler de Josh et lui faire part de ma peine. Il comprenait également mes incertitudes devant le tour que prenait ma vie, parce qu'il se souvenait de moi comme d'un adolescent de dix-huit ans, en jeans déchiré et sweat-shirt noir, vivant et se nourrissant de poésie.

Les parents d'Andy étaient des fidèles de la paroisse, et le dimanche, pendant qu'ils assistaient à la messe en ville – un vitrail de l'église rendait hommage à un ancêtre d'Éric –, je pris une édition de poche des poèmes de W. H. Auden et allai m'installer tout en haut du canyon, à un endroit d'où je pouvais voir l'océan d'un côté et la plantation de l'autre. Assis sur un rocher, je feuilletai ces pages que je n'avais pas relues depuis quinze ans.

Je m'arrêtai sur un poème intitulé « La Loi Cachée », et le relus plusieurs fois. Il était bref et parlait des règles invisibles gouvernant notre existence et que nous passons notre vie à fuir.

La Loi Cachée ne contredit pas
Nos lois de la probabilité
Elle prend l'atome et l'étoile
Et les êtres humains tels qu'ils sont
Et ne répond à rien quand nous mentons...
Dans son extrême patience elle ne tente pas
De nous retenir si nous voulons mourir :
Quand nous la fuyons en voiture
Quand nous l'oublions dans un bar
C'est ainsi que nous sommes punis par

La Loi Cachée

Ces vers furent pour moi une révélation et, bien que ne comprenant pas totalement leur signification, je devinai qu'ils m'exhortaient à changer de vie.

13

Je quittai Santa Barbara de bonne heure le lundi matin et me rendis directement au cabinet de Raymond Reynolds à Beverly Hills pour mon rendez-vous de 8 heures. Le calme que j'avais éprouvé durant le week-end s'évapora quelque part entre Oxnard et Rodeo Drive. Quand je vis mon premier cadre dynamique en Armani de la tête aux pieds au volant de sa BMW, ce fut comme si je n'étais jamais parti. Je fus soulagé d'entrer dans le calme bureau gris de Reynolds.

Ce faisant, j'eus de nouveau l'impression d'y trouver quelque chose de familier venu de mon enfance. Puis je compris : chaque fois que j'y entrai, j'avais la même sensation que, lorsque, étant enfant, je pénétrais au confessionnal. La sensation que j'allais tout avouer. Je m'assis sur le canapé qui couinait et essayai de trouver un sens au moment que j'avais passé au sommet du canyon.

— Quel genre de changement dans votre vie pensez-vous devoir faire, Henry ? me demanda-t-il.

— Je ne sais pas. Je n'ai rien ressenti de ce genre là-haut. C'était plus comme un souvenir que comme une prémonition.

— Un souvenir de quoi ?

— De ce que j'éprouvais quand j'avais dix-huit ans. L'incroyable sentiment de liberté d'avoir finalement pu échapper à la domination de mon père et la sensation de vraiment vivre pour la première fois de mon existence. Il y avait tellement de choix, d'expériences possibles, et je croyais vraiment pouvoir tout faire. Cela a duré jusqu'à sa mort. Après cela, les choix m'ont paru se réduire. On ne m'avait pas non plus dit que la fête était finie et qu'il fallait que je décide de ce que j'allais faire du reste de ma vie, non. J'ai simplement commencé à voir les choses différemment.

Il se balança dans son fauteuil.

— Expliquez-vous.

— Vous voyez, Raymond, c'était comme si, une fois mon père mort, tout le poids de sa vie m'était tombé sur les épaules et...

Son téléphone sonna.

— Le répondeur s'en chargera, dit-il.

Je repris, mais le téléphone sonna de nouveau.

— Excusez-moi, Henry, mais il faut que je prenne cet appel, dit-il. (Il répondit, écouta, puis :) C'est votre secrétaire. Elle dit que c'est urgent.

Je me levai et pris le téléphone.

— Oui, Emma.

— Henry, Mme Rosen a appelé. La police a

arrêté Michael Ruiz. Elle est au SafeHouse et dit que vous devez la rejoindre de toute urgence.

— Rappelez-la et dites-lui que je me mets en route. (Je raccrochai.) Excusez-moi, Raymond, mais je dois partir.

— Et la liberté ? demanda-t-il aimablement.

— Je suis vraiment désolé.

Je me garais devant le SafeHouse au moment où un camion de télévision s'en allait. À l'intérieur, une réunion bruyante se tenait dans une salle bondée. Je gagnai le bureau d'Édith Rosen, qui enfournait des dossiers dans un sac.

— Édith, que se passe-t-il ?

— J'ai été virée, dit-elle avant de s'effondrer sur son siège. Quelle matinée !

— Qu'est-ce qui se passe, ici ? demandai-je en montrant la salle où tout le monde s'invectivait en hurlant.

— Le centre se réunit pour parler de ce qui vient d'arriver ce matin.

— Et qu'est-ce qui est arrivé ce matin ? demandai-je en me laissant tomber sur une chaise.

— Michael est revenu. Il me cherchait. Il voulait négocier sa reddition à la police. Malheureusement, je n'étais pas encore là. Avant qu'il puisse repartir, Chuck l'avait vu et l'avait fait maîtriser par deux membres du personnel pendant qu'il appelait la police. Apparemment, Michael s'est débattu bruyamment et a réveillé tout le monde. Je suis arrivée au moment où la police essayait de l'emmener.

— Essayait ? Il résistait ?

— Beaucoup moins que les autres pensionnaires, répondit-il. La plupart ne savaient même pas que la police le considère comme suspect du meurtre de Gus Peña. Ils ignoraient pourquoi Chuck avait alerté la police. Tout ce qu'ils voyaient, c'était un des leurs emmené par une douzaine de flics.

— Je vois. J'imagine que Michael n'était pas le seul pensionnaire qui avait déjà eu affaire à la police.

— Ça a viré à l'émeute, dit-elle d'un ton las. La police en a arrêté trois autres.

De la grande salle, j'entendis Chuck Sweeny réclamer le silence à grands cris, mais ses appels furent couverts par des huées et des sifflets. Quelqu'un passa devant la porte en sanglotant. Quelque part, un téléphone sonnait, mais personne ne répondait.

— Ça n'a pas arrangé les choses que les flics arrivent comme une armée d'envahisseurs, dit-elle.

— Et pourquoi êtes-vous virée ?

— Chuck m'a tout collé sur le dos. Et il m'a dit de foutre le camp. (Elle s'efforça de sourire.) Au vu des circonstances, ça ne m'a pas paru une mauvaise idée.

— Il en a le pouvoir ?

Elle me jeta un regard abattu.

— Ce n'est pas le moment de vérifier. Écoutez, toute cette histoire est très mauvaise pour le centre. Le fait que Chuck ait laissé Gus séjourner ici sans contraintes, l'arrestation de Michael, la police. Il va falloir longtemps pour que le SafeHouse s'en remette, s'il s'en relève.

— Et Michael ? Vous avez pu lui parler ?

— Non, je vous ai appelé en pensant que vous pourriez.

— Je ne sais pas, Édith. J'ai eu Carolina Ruiz au téléphone et elle m'a plus ou moins viré aussi. Je ne peux pas me présenter comme son avocat dans l'état actuel des choses.

— Vous devez l'aider, dit-elle en se levant.

— Édith, il y a des limites.

Elle empoigna le téléphone.

— Qui appelez-vous ?

— Carolina Ruiz.

Je lui pris le combiné des mains.

— Allons, Édith, pour l'instant, il faut surtout vous calmer. Partons d'ici.

Elle voulut répondre, mais elle reprit son rangement en disant :

— Payez-moi un café, alors.

Nous nous rendîmes dans un restaurant plus bas dans la rue. Je l'assis à une table, commandai du café et allai appeler Carolina Ruiz. La nouvelle de l'arrestation de Michael calma son agressivité et elle accepta à contrecœur de m'autoriser à le contacter, tout en s'assurant que j'avais bien compris qu'elle ne m'engageait pas officiellement. J'appelai la police et finis par découvrir où Michael était détenu. Je fis savoir qu'il ne devait être ni interrogé ni extrait tant que je n'étais pas venu, puis j'allai retrouver Édith.

— Michael est détenu au commissariat de Beverly, lui dis-je. Sa famille m'autorise à empêcher les flics de lui extorquer des aveux par la violence.

— Vous devriez y aller, me dit-elle avec un regard de reconnaissance.

— Dans un moment. Un café ne me fera pas de mal. (Je fis signe à la serveuse de me servir, puis :) Comment saviez-vous que Michael voulait se livrer ?

— Il l'a dit à la fille de la réception en revenant ce matin.

Je me brûlai la langue avec mon café.

— Ce n'est pas une bonne nouvelle.

— Oh, mon Dieu, s'effondra-t-elle. Vous pensez qu'il a tué Gus ?

— C'est ce qu'implique son geste.

— Qu'est-ce qui va lui arriver.

— Eh bien, les flics vont le mettre en détention provisoire jusqu'à ce qu'une audience puisse avoir lieu. S'ils doivent l'inculper du meurtre de Gus, il sera détenu pendant quarante-huit heures, ce qui leur donnera tout le temps nécessaire pour l'interroger.

— Vous devriez vraiment y aller, dit-elle.

— Vous tiendrez le coup ?

— Oui, ça va.

— OK, dis-je en me levant. Je vous appelle tout à l'heure.

Le commissariat de Beverly était un bâtiment bas en béton à la façade impeccable, par rapport à ses voisines, toutes couvertes de *placasos* des gangs. À l'intérieur, c'étaient murs bleus et bancs en bois. Le visage sinistre de l'actuel chef de la police me toisait d'un air renfrogné depuis sa photo accrochée au mur. La réception était protégée par une vitre blindée. Le flic de service arriva d'un pas guilleret et fit coulisser un panneau.

— Je m'appelle Rios, dis-je en déposant ma carte. Vous détenez un de mes clients, Michael Ruiz.

Il examina la carte, ferma la vitre et gagna une porte au fond. Il l'ouvrit, cria quelque chose que je ne compris pas, puis, un instant plus tard, quelqu'un répondit sur le même ton. Il revint vers moi, rouvrit le panneau et :

— Transféré en ville.

— J'ai dit au policier que j'ai eu au téléphone qu'il ne fallait pas l'extraire tant que je n'étais pas arrivé.

Il me décocha le regard du genre connard-tu-as-pas-bien-vu-à-qui-tu-parles ? qu'on leur enseigne à l'École de Police et répéta :

— Je vous ai dit qu'il avait été transféré en ville.

Fulminant, je préférai ne rien répondre, me promettant de passer mes nerfs sur le prochain flic que j'aurais à interroger en audience.

Au Parker Center, on me fit attendre vingt minutes avant de me confirmer que Michael était bien là. Il en fallut dix de plus pour qu'on me conduise dans la salle d'interrogatoire, où je le trouvai en compagnie des inspecteurs Laverty et Merrill. Michael avait un œil au beurre noir et les poignets couverts de bleus. Une forte odeur d'urine régnait dans la pièce. Je jetai un coup d'œil à son pantalon qui était trempé. Il avait l'air terrorisé.

Mon sang ne fit qu'un tour.

— Vous êtes vraiment une bande d'enfoirés.

— Surveillez votre langage, s'offusqua Laverty.

— Vous avez un sacré culot, lui répondis-je. Vous tabassez mon client, vous le forcez à rester assis dans sa pisse et vous me faites des remarques sur mon savoir-vivre ? (J'avançai d'un pas vers Laverty, qui resta impassible et me toisa de toute sa hauteur.) « Protéger et servir » : c'est bien ce qui est inscrit sur votre écusson ? Qui vous protégez ? Qui vous servez ? Vos débordements de testostérone ?

— Je supporte déjà pas ce genre de conneries au tribunal, c'est pas ici que je vais me laisser faire, répondit-il.

— Ah oui ? Vous allez faire quoi, alors ? Me jeter dehors ?

Il devint rouge et serra les poings. Je me rendis compte que Merrill s'approchait discrètement. Laverty lui jeta un regard aigu, puis, d'une voix tendue :

— Vous voulez parler à votre client ou pas ?

— Oui. Et seul.

Les policiers sortis, je me tournai vers Michael, le cœur encore battant de colère. Il sembla aussi effrayé par moi que par les flics.

— Que leur as-tu dit ?

— Je leur ai rien dit, glapit-il.

Je m'assis et respirai un bon coup.

— Désolé. Je suis un peu énervé. Bon, toi, ça va ? Tu n'as rien de cassé ?

— Non, mec, ça va.

— Bon. Je ne crois pas qu'on soit en état de discuter ni toi ni moi. Je vais leur demander de te conduire à l'hôpital du comté pour qu'on t'examine et je t'y retrouverai plus tard. En attendant, tu ne dis rien à personne. Et ne leur donne aucun prétexte pour te frapper. C'est bien compris ?

— Oui, marmonna-t-il.

— Bon, dis-je en lui tapotant le bras. Fais ce que je te dis et tout ira bien.

— Vous partez, alors ? demanda-t-il, affolé.

— Je reviens dans pas longtemps. Tiens bon.

— Ouais, fit-il, sceptique.

Laverty était dans le couloir. Je l'informai que je revenais après avoir passé quelques coups de fil et que Michael ne devait pas bouger de là. Il eut un hochement de tête presque imperceptible. J'appelai quelqu'un à qui j'avais promis de n'utiliser ce numéro qu'en cas d'extrême urgence.

— Bureau du chef, dit une voix d'homme.

— Passez-moi le capitaine O'dell.

— De la part de qui ?

— Dites-lui que c'est Henry Rios.

— Quittez pas.

Quand on avait demandé au chef de la police pourquoi la Police de Los Angeles refusait d'engager des gays, il avait répondu, méprisant : « Qui pourrait avoir envie de travailler avec ces gens-là ? », sans savoir qu'il côtoyait quotidiennement un homosexuel, un capitaine de son bureau plus que discret sur sa vie privée. C'était Terry Ormes, la femme la plus gradée de la Police de San Francisco, qui m'avait présenté quelques années auparavant Cliff O'dell, durant un week-end où nous étions tous les deux là-bas. Depuis lors, nous déjeunions ensemble de temps en temps et j'étais devenu le confident de toutes les frustrations que lui causait sa double vie. Je ne lui avais jamais demandé la moindre faveur en échange. Jusqu'à ce jour.

— Henry, dit-il d'un ton bourru. J'espère que c'est important.

— Ça l'est, dis-je. Vous détenez un de mes clients dans une salle d'interrogatoire du quatrième étage, la 418. Il est soupçonné du meurtre de Gus Peña.

— Je suis au courant. Nous préparons un communiqué de presse. Bon sang, mais comment ça se fait que tu sois de la partie ?

— Peu importe. Écoute, il a été molesté par les policiers qui l'ont arrêté et il est là-dedans, assis dans sa pisse. Je ne fais pas vraiment confiance aux enquêteurs pour respecter ses droits constitutionnels.

Il y eut un long silence tendu.

— Que veux-tu que je fasse ?

— Je veux qu'il soit transféré à l'hôpital du comté pour qu'un docteur puisse l'examiner et je ne veux pas qu'on le maltraite.

— Tu nous prends pour des nazis, dit-il, incrédule.

— N'entrons pas dans cette polémique. Pour le moment, je demande simplement que les droits de mon client soient respectés.

— Comment s'appelle l'inspecteur ?

— Laverty. Il est avec un autre : Merrill.

— Ouais. OK. D'où tu appelles ?

— D'en bas, et je vais remonter. Cliff, je veux le dossier, et qu'on me le laisse voir sans faire d'histoires.

— Ne me rappelle jamais à ce numéro, dit-il avant de raccrocher.

Quand je remontai, Laverty était toujours dans le couloir et parlait à un homme séduisant, en costume, qui me jeta à peine un regard.

— M. Rios ? demanda Cliff. Vous êtes l'avocat ?

— Oui. Qui êtes-vous ?

— Cliff O'dell, du bureau du chef. Michael Ruiz est votre client ?

— En effet.

— Je viens de le voir, dit-il. Je pense qu'il faut le faire examiner par un médecin.

— Très bien, répondis-je. Je lui ai dit de ne répondre à aucune question. Je suppose donc qu'on ne lui en posera pas.

— Nous connaissons tous la loi, maître, répondit-il aigrement.

— J'aimerais avoir communication des rapports d'enquête.

— Faites-lui des copies, dit O'dell à Laverty.

— Oui, pas de problème, répondit celui-ci à contrecœur.

— Nous allons transférer votre client, dit O'dell.

Quelques minutes plus tard, on faisait gentiment monter Michael dans une voiture qui le conduisait à l'hôpital.

14

Revenu à mon bureau, je passai un rapide coup de fil à Carolina Ruiz. La nouvelle de l'arrestation de Michael avait été rendue publique et les Ruiz étaient assiégés par la presse. Je lui conseillai de ne rien dire et de venir avec son mari à mon bureau à 16 heures. Après quoi, j'appelai Édith Rosen pour qu'elle nous rejoigne. Enfin, je téléphonai à un ami pour qu'il me remplace à une audience que j'avais à Pasadena après le déjeuner, me fis livrer un sandwich par le traiteur du coin et m'installai pour lire le dossier communiqué par la police. Il comprenait les premiers rapports et suivis, les dépositions des témoins, les rapports d'autopsie, de balistique, et d'autres documents.

Le premier rapport contenait une brève description des lieux du crime avec photos et schémas. Peña avait été abattu sur le parking d'un restaurant mexicain de First Street. Le parking, situé derrière, était accessible par une ruelle prenant dans une rue voisine.

D'après la photo, je pus me représenter un terrain clôturé et un escalier qui menait au restaurant, au deuxième étage d'un bâtiment en briques. Il n'était éclairé que par les lampes au-dessus de l'entrée et celles des bâtiments voisins. Un grand arbre se dressait dans un coin, au-dessus d'une benne à ordures. Sur la photo, le parking était désert, mais selon le rapport, plusieurs voitures y étaient garées au moment du meurtre. D'après les traces de pneus dans la ruelle, la police pensait que le tueur était arrivé en voiture, s'était arrêté sous l'arbre, était descendu de son véhicule pour tuer Peña et était reparti.

C'était une information capitale. Jusqu'à présent, il était question de tirs depuis une voiture qui passait. Selon le scénario des flics, le tireur était en fait embusqué et guettait Peña ou une autre victime. Je passais au rapport d'autopsie et mon œil tomba sur le schéma montrant les impacts de balles. Gus en avait reçu cinq. Le tireur voulait être certain qu'il était bien mort. Au final, ce meurtre indiquait une planification et une préméditation que présentent rarement les crimes commis par les gangs.

Je continuai ma lecture. Malgré les rafles effectuées parmi les gangs d'East L.A., il n'y avait aucun autre suspect en dehors de Michael Ruiz. Dans le dossier se trouvait la déposition de Chuck Sweeny, racontant les menaces de mort que Michael avait proférées contre Gus, et son absence au centre le soir du meurtre. Y figurait également une liste de personnes à interroger, dont les Ruiz et Lonnie Davis. Une note indiquait qu'Édith Rosen refusait obstinément de parler de Peña ou de Michael Ruiz. Pourtant, le dossier de l'enquête restait maigre jusqu'au moment où la police avait fait mouche, en trouvant un témoin oculaire.

Il était apparu durant le week-end. C'était un jeune homme du nom de Pablo Saenz, qui travaillait comme plongeur dans le restaurant le soir du meurtre. Juste avant la fusillade, Saenz était sorti jeter des ordures dans la benne. Il avait vu une grosse voiture cabossée garée dans la ruelle et un homme appuyé dessus. Il n'avait pas clairement distingué son visage, mais il précisait qu'il était latino, dans les un mètre soixante-dix, maigre, et habillé comme un membre des gangs. Saenz, qui était dans le quartier depuis assez longtemps pour flairer les ennuis, avait rapidement vidé sa poubelle et était reparti vers le restaurant.

Au pied des escaliers, il avait vu Peña descendre et s'était effacé pour le laisser passer. Il avait entendu l'homme de la voiture appeler Peña. Redoutant la violence, Saenz s'était réfugié dans l'ombre. De sa cachette, il avait vu Peña s'approcher de l'homme, puis entendu des détonations. Il s'était plaqué au sol et avait pris la fuite quand les coups de feu avaient cessé.

Saenz était un immigré clandestin du Salvador. Il n'était pas allé voir la police car il craignait l'expulsion. Finalement, les autorités l'avaient retrouvé et avaient obtenu sa déposition. À partir de là, ils avaient présenté à Saenz une série de photos, dont celle de Michael prise lors de sa dernière arrestation. Résultat : une vague hésitation devant celle de Michael. Je cherchai vainement la série de photos. Laverty avait omis de la mettre dans le dossier.

Cette identification hésitante était la preuve la plus accablante, mais aussi la plus fragile. Saenz avait dit à la police qu'il n'avait pas bien vu le tireur. Malgré cela, il avait identifié Michael. Il ne fallait pas beaucoup d'imagination pour deviner la pression qu'on avait dû exercer sur lui. Risquant l'expulsion, Pablo Saenz était plus susceptible que n'importe quel autre témoin de se laisser convaincre que c'était Michael qu'il avait vu. Et les flics, pressés par tout le monde d'arrêter quelqu'un, n'avaient pas dû être très subtils avec lui. C'était un cas comme on n'en rencontre que chez Perry Mason : l'avocat de la défense pouvait conclure que la police avait arrêté un innocent.

Carolina Ruiz, cheveux courts et noirs semés de gris, était mince et élégamment vêtue d'une robe en soie argentée et d'un blazer bleu. J'imaginai sans peine qu'elle avait été en son temps extrêmement belle, avec sa peau lisse et mate et ses yeux profonds et scrutateurs, mais à présent, elle était desséchée, fatiguée et tendue. Elle s'assit sur le bord de la chaise et alluma une cigarette. Son mari, Bill Ruiz, était une armoire à glace. Son gros visage brillant de sueur exprimait une amabilité inquiète. Il portait des mocassins italiens, un pantalon en toile et un polo Ralph Lauren dont le petit cavalier galopait sur une poitrine dodue. Édith n'étant pas encore arrivée, je décidai de commencer sans elle.

— Merci d'être venus, dis-je. J'ai vérifié auprès de la police il y a quelques minutes et Michael a été emmené de l'hôpital à la prison du comté. J'irai le voir demain matin.

— Comment il va ? demanda-t-elle.

— Il a un œil au beurre noir et quelques contusions, mais c'est tout. La police prétend qu'il s'est blessé en se débattant lors de l'arrestation.

— Qu'est-ce que vous voulez qu'ils disent d'autres, cracha-t-elle.

— J'ai demandé à Édith Rosen de nous rejoindre, dis-je.

— Pourquoi ? demanda Carolina d'un ton vif.

— J'ai pensé qu'elle pourrait nous expliquer le comportement de Michael.

— Je ne supporte pas cette femme, dit-elle. Elle n'a réussi qu'à apprendre à Michael à nous détester. Tout allait très bien avant qu'elle lui mette le grappin dessus.

— Michael était en conditionnelle pour attaque à main armée quand il est arrivé au SafeHouse, dis-je.

— Attaque à main armée ? Il a pris un pistolet à eau dans une épicerie et on a qualifié ça d'attaque à main armée, oui.

— Mme Ruiz, votre fils a de graves problèmes de drogue.

Elle souffla un mince ruban de fumée.

— C'est ces zonards avec qui il traîne quand il est chez sa grand-mère.

— Excusez mon retard, dit Édith en faisant son apparition sur le seuil.

— Entrez, nous commencions à peine, répondis-je.

Elle alla s'asseoir sur le canapé. Bill Ruiz la salua d'un sourire. Carolina Ruiz ne lui accorda même pas un regard.

— Laissez-moi vous expliquer la situation, repris-je. Michael n'a pas encore été officiellement inculpé, mais j'imagine que le D.A. invoquera le meurtre avec préméditation. Je ne sais pas s'il demandera la peine de mort.

— La peine de mort, répéta Bill Ruiz avec inquiétude.

— C'est tout à fait possible, dis-je, mais nous ne le saurons pas avant l'inculpation.

— Qui a lieu quand ? demanda Édith.

Carolina Ruiz lui jeta un regard noir.

— Ils doivent l'inculper mercredi au plus tard. Bien sûr, il plaidera non coupable. Après quoi, il y aura l'audience préliminaire, dont le but est de déterminer s'il y a assez de preuves pour étayer l'accusation. Si le juge le pense, le procès aura lieu.

— Il y en a assez ? demanda Bill Ruiz.

— Oui. Mais il suffit de très peu.

— Quelles preuves ? lança Carolina en écrasant rageusement sa cigarette.

— Je vais y venir. Au procès, le D.A. doit prouver que Michael est coupable au-delà d'un doute raisonnable. C'est une tâche très lourde. Michael n'a rien à prouver. Il n'a même pas à témoigner.

Incapable de se retenir, Carolina coupa.

— C'est que des mensonges. Mikey ne ferait de mal à personne. On connaissait Gus Peña, bon Dieu.

Je jetai un coup d'œil à Édith, qui sembla aussi surprise que moi.

— Vraiment ?

— Mon mari, dit-elle en le tirant par la manche. C'est quelqu'un d'important. Il versait de l'argent pour les campagnes de Peña.

— Vous le connaissiez bien ? demandai-je à Bill Ruiz.

Il haussa modestement les épaules.

— Pas au point d'être amis, dit-il. Nous sommes allés à quelques soirées de soutien pour lui quand il envisageait de briguer le poste de maire. Il est venu à notre réveillon de Noël l'an dernier. Je lui parlais de temps en temps. Il n'y a pas de quoi en faire toute une affaire. Quand Mikey a eu ses ennuis, j'ai appelé Gus pour lui demander s'il pouvait intervenir.

— Et alors ?

— Il a répondu que la prison lui ferait du bien.

— Je vois. Avez-vous demandé d'autres faveurs à Gus pour Michael ?

— On a essayé de le faire entrer dans la même école que Tino, le fils de Gus. Une école catholique. Comme ils voulaient pas de lui, j'ai demandé à Gus d'appeler le principal.

— Ça a donné quelque chose ?

— Oui, il y est allé pendant un semestre. Et ensuite, il a eu des problèmes.

— Vous avez dit qu'il y avait des preuves contre Mikey, coupa Carolina. Lesquelles ?

— Il y a eu un témoin du meurtre. Il a vu l'homme qui a tué Gus, pas de près, mais suffisamment pour donner un signalement aux flics. Ils lui ont montré plusieurs photos, dont celle de Michael, et il l'a identifié comme l'homme qu'il avait vu. (Elle voulut parler, mais je poursuivis :) Il n'était pas certain, et personne d'autre n'a assisté à la procédure d'identification. Le témoin est un sans-papiers qui vient du Salvador.

— On l'a menacé de l'expulser s'il ne disait pas que c'était Mikey, avança Carolina.

— C'est une possibilité, répondis-je. Il a en effet des problèmes avec l'immigration.

— La police serait vraiment capable de faire ça ? demanda Édith.

— Madame, vous ne connaissez pas les flics, dit Carolina, s'adressant directement à elle pour la première fois. J'ai grandi à Boyle Heights. Ces salauds ont toujours eu les Chicanos dans le nez.

— Je vais exiger une parade d'identification, dis-je. À laquelle je pourrai assister en m'assurant qu'elle est menée selon les règles. Ensuite, nous verrons ce qu'il en est.

— Mikey a rien fait, répéta Carolina, et je m'en fiche qu'on dise le contraire.

— Ce que je voudrais savoir, dis-je, c'est où il était cette semaine. Ça, ça ne présage rien de bon pour lui.

— Chez sa grand-mère, dit-elle.

— Vous avez dit à Édith qu'il n'y était pas, observai-je avec un regard réprobateur.

— Ça la regardait pas.

— Vous vous rendez compte que c'est une violation de conditionnelle.

— Il avait peur. Il faisait plus confiance aux gens là-bas. (Elle jeta un regard noir à Édith.) Vous pourriez lui en vouloir ?

— Qu'en pensez-vous, Henry ? demanda Bill Ruiz du fond de son fauteuil.

— Si je pense que Michael a tué Peña ? Il faut que je lui parle, évidemment, mais en dehors de l'identification sur photo, les preuves me semblent plutôt minces.

— Mais vous pensez qu'il a fait le coup ? demanda Carolina.

— Non, je ne le pense pas.

— Vous êtes notre homme, alors, Henry, sourit Bill.

— À moins que vous n'ayez d'autres questions, dis-je, c'est tout pour le moment.

Personne ne bougea. Finalement, Bill Ruiz s'ébroua et se leva. Sa femme en fit autant à contrecœur.

— Merci, dit-il.

Il sortit d'un pas lourd, suivi de Carolina. Elle s'arrêta sur le seuil, nous jeta un regard soupçonneux et sortit. Je les entendis se disputer en espagnol dans le couloir.

— Cette Mme Ruiz est une lionne, dis-je à Édith. Je suis étonné. D'après ce que vous me disiez d'elle, je m'attendais à trouver de l'indifférence.

— Vous confondez culpabilité et amour.

— Pourquoi dites-vous cela ?

— Je ne veux pas parler de Carolina, dit-elle en s'approchant de mon bureau. Je veux parler de Michael.

— OK, je vous écoute.

— Eh bien, en fait, dit-elle en prenant le fauteuil laissé par Carolina, cela vous concerne aussi.

— Allez-y.

— Vous leur avez dit que vous ne pensiez pas qu'il avait tué Gus. Vous en êtes convaincu ?

— Ce meurtre semble de plus en plus avoir été soigneusement prémédité. Michael Ruiz est un petit voyou, impulsif, autodestructeur et qui ne voit pas plus loin que le bout de son nez. Je ne l'imagine pas commettre ce crime.

— Vous êtes censé être de son côté, dit-elle d'un ton réprobateur.

— Je suis censé le défendre. Je ne suis pas obligé de l'apprécier.

— C'est de cela que je voulais vous parler. Ne le méprisez pas comme l'ont fait tous les autres.

— C'est-à-dire ?

— Vous ressemblez beaucoup à Gus, Henry, figurez-vous. Vous vous êtes hissé à la force du poignet et vous ne tolérez pas vraiment les faiblesses chez les autres.

Je me radossai.

— Je ne pense pas que je ferais ce métier si c'était vrai.

— Je ne vous critique pas, se hâta-t-elle de corriger. Je fais simplement une observation. Parlons de Gus, alors. C'était un idéaliste, lui aussi. Il croyait qu'on pouvait changer les choses, les améliorer, et il était convaincu d'en être capable. Après tout, il avait bien transformé sa propre existence, n'est-ce pas ?

— Mais ?

— Mais tout le monde n'a pas cette force. Ne jugez pas précipitamment Michael. Il a son histoire, tout comme vous. Il a ses raisons à lui, ses aspirations. Peut-être peut-il vous apprendre quelque chose que vous devriez savoir sur cette affaire.

— Vous qui le connaissez mieux que quiconque, quelles sont ses aspirations, Édith ?

— Il veut être aimé. Il n'a jamais rien voulu d'autre.

La larme tatouée tremblait sous l'œil de Michael qui clignait des paupières dans la lumière crue du parloir de la prison. Il était pitoyablement maigre dans la combinaison de détenu bleue et son visage et ses poignets portaient encore des ecchymoses. Il semblait ne pas avoir beaucoup dormi. En commençant l'interrogatoire, j'essayai de ne pas oublier ce que m'avait dit Édith la veille.

— Comment vas-tu, Michael ?

— Vous avez des cigarettes ? demanda-t-il d'une voix rauque.

Je sortis de mon attaché-case le paquet de Winston que j'ai toujours sur moi pour ce genre de circonstances et le posai devant lui avec une boîte d'allumettes. Il déchira l'emballage et s'en alluma une d'une main tremblante.

— Selon Édith Rosen, vous êtes allé au Safe-House hier pour vous rendre. C'est vrai ?

— Je voulais qu'elle parle aux flics pour moi, dit-il en tirant sur sa cigarette. Qu'elle voie quel genre de compromis on pouvait faire.

— Un compromis ? Lequel ?

— Si j'acceptais de dire que je l'avais tué.

Je scrutai le gamin. J'avais vu bien des meurtriers dans ma carrière, et je ne pouvais pas écarter cette possibilité simplement parce qu'il n'avait pas le profil.

— Tu l'as tué, Michael ?

— Les flics ont dit qu'ils avaient un témoin qui m'avait vu.

— Ce n'est pas ce que je t'ai demandé.

Il balaya la pièce d'un regard vide tout en continuant de fumer bruyamment.

— Ce n'est pas une question compliquée, Michael. Tu l'as tué ?

— Quel genre de compromis vous pouvez obtenir ? demanda-t-il.

— Je ne plaide pas pour les gens qui ne sont pas coupables.

Il me regarda froidement.

— Ouais, j'ai tué cet enfoiré. Satisfait ?

— Raconte-moi.

— Je suis allé dans le parc retrouver des mecs du quartier, dit-il au bout d'un moment.

— Quel parc ? demandai-je en griffonnant sur mon bloc.

— Griffith. Il y avait une fête. Je me suis défoncé. J'ai commencé à dire des conneries sur Peña. C'est mes potes, dit-il en se frappant la poitrine. Des gens comme moi. Mes ennemis, c'est leurs ennemis.

— Et ensuite ? demandai-je, impassible.

— Un des mecs, Shorty, il a un flingue dans sa bagnole et il me dit : « Tu veux aller faire un tour ? » J'ai fait : « Ouais, d'accord, allons chercher cet enculé. » On est allés chez lui.

— Comment savais-tu où il habitait ?

— Mon père le connaît. Il m'y a emmené plusieurs fois. Il voulait me présenter son fils. Croyait que ce serait une bonne influence sur moi, ironisa-t-il. On a vu sa voiture sortir et on l'a suivi. Il est allé au restaurant.

— Et qu'avez-vous fait ensuite ?

— On est restés dans la voiture à fumer du crack. Boire un peu. J'étais bien défoncé. Et on a attendu qu'il sorte.

— Combien de temps êtes-vous restés garés là ?

— Merde, j'en sais rien. Deux heures.

— Où était la voiture ?

— Il y a un gros arbre. On était dessous.

Exactement là où la police avait identifié la position du tireur, notai-je mentalement.

— OK, et après ?

— Après, je l'ai vu sortir et je suis descendu de

voiture avec le flingue. Je l'ai appelé. Il est venu vers moi et je crois que je lui ai tiré dessus. Je suis remonté dans la bagnole et on s'est cassés. Ils m'ont déposé et je suis rentré au centre.

— Tu as vu quelqu'un d'autre sur le parking ?

— Un mec, dit-il en allumant une autre cigarette. On aurait dit un serveur, je crois. Il vidait une poubelle.

Durant la demi-heure suivante, je lui posai nombre de questions sur les circonstances détaillées du crime. Chaque réponse correspondait au rapport d'enquête de la police. À la fin, je n'eus d'autre choix que de croire que Michael Ruiz avait tué Gus Peña, mais j'en doutais encore un peu. Je m'accrochais toujours à l'idée de départ selon laquelle il n'était qu'un voyou ne présentant de danger que pour lui-même. Il lui manquait la dureté métallique que j'associe généralement aux meurtriers.

— Faut que vous négociiez, me répéta-t-il.

— Si ce que tu m'as dit est vrai, répondis-je, il ne me reste pas une grande latitude.

— Vous me croyez pas ?

— Je me suis trouvé en tête-à-tête avec beaucoup de tueurs, dis-je. Tu n'en as pas l'air, pour moi.

— C'est de la balle, gloussa-t-il. Mon avocat croit que je suis innocent !

— Ouais, c'est à mourir de rire, dis-je en me levant. Sauf que tu risques d'aller en prison pour un bon bout de temps.

— Ça me fait pas peur, se rembrunit-il.

— Réfléchis-y, Michael. Nous en reparlerons demain lors de l'inculpation.

15

De la prison, je retournai à mon cabinet retrouver mon enquêteur, Freeman Vidor, qui descendait tout juste de sa voiture tandis que je me garais derrière lui. Il resta sur le trottoir à regarder une fille en débardeur mauve et talons assortis qui descendait Sunset en faisant des signes aux voitures qui passaient.

— Je dirais pas non, fit-il en la jaugeant d'un œil connaisseur.

Je la regardai onduler jusqu'à la rue suivante.

— Comme si vous aviez à demander à Papa la permission de la draguer.

— Vous qui voyez tout le temps ces filles devant votre bureau, ça pique pas votre curiosité ? me demanda-t-il dans l'escalier.

— J'ai satisfait ma curiosité concernant les filles à l'âge de six ans en jouant au docteur avec Monica Parra. J'ai vu ce qu'elle avait, et j'ai préféré ce que moi, j'avais.

— Six ans ? demanda-t-il en ouvrant la porte. Elles sont mieux quand elles grandissent.

— Je vous crois sur parole.

— Salut, belle plante, dit-il à Emma au passage.

— Salut, vous, lui répondit-elle en levant la tête de son écran. Josh a appelé, continua-t-elle pour moi. Il va passer chez vous ce soir.

— Merci. Vous voulez du café, Freeman ? demandai-je en passant dans la cuisine.

— Ouais. Noir et bien chaud, comme Emma.

— Arrêtez vos conneries, entendis-je Emma répondre pendant que je servais le café en me demandant pourquoi Josh passait ce soir.

Je ne l'avais pas vu depuis la nuit où Steven avait fini à l'hôpital.

Freeman m'attendait dans mon bureau, assis sur le canapé, une cigarette à la main. Je lui tendis son café, m'assis à côté de lui et sortis de mon attaché-case les notes de mon entretien avec Michael Ruiz.

— Je vois que vous avez encore déniché une affaire qui fait la une des journaux, dit-il.

— Oui, j'ai vu le *Times* de ce matin.

L'arrestation de Michael avait fait les gros titres. J'avais donné instruction à Emma de rejeter toutes les demandes d'interview jusqu'à l'inculpation.

— Alors, vous avez quoi ? demanda Freeman en tirant paresseusement sur sa cigarette.

— Un paradoxe, répondis-je. Un client qui veut avouer un crime dont je ne pense pas qu'il l'ait commis.

Je lui racontai mon entretien avec Michael.

— Bon, alors, pourquoi il a pas fait le coup, d'après vous ? demanda-t-il.

Je bus une gorgée de café en passant en revue les raisons que j'avais trouvées pendant le trajet jusqu'ici. J'étais content d'avoir Freeman sous la main : j'allais pouvoir les tester auprès de lui.

— Commençons par les incohérences factuelles. Premièrement, Michael prétend qu'un gang y a participé, mais il n'appartient pas à un gang. Selon ma source, continuai-je en pensant à Tomas Ochoa, les Dogtown Locos ne veulent pas de lui. En outre, les flics ont fait régulièrement des rafles parmi les gangs depuis deux semaines, après le meurtre de Peña, et ils n'ont rien trouvé qui lie les gangs au meurtre.

— Vous faites confiance à votre source ? demanda Freeman.

— Pas totalement, admis-je.

— Écoutez, si un gang est mouillé là-dedans, continua-t-il, ça ne signifie pas que les flics le découvriront. Et vous ne m'avez pas dit l'autre jour qu'on avait trouvé des *placas* portant le nom de Peña ?

— Ça ne prouve rien.

— OK. Argument suivant ?

— Michael dit qu'il a attendu Peña pendant deux heures devant le restaurant avant de l'abattre. Ça fait long. Il a dû y avoir des allées et venues, mais personne n'est allé trouver les flics pour témoigner avoir vu une voiture à cet endroit.

— Vous l'avez dit, Henry, ça ne fait que deux semaines. Quelqu'un va peut-être se présenter, surtout maintenant qu'une arrestation a eu lieu. Les flics vont publier les détails et des gens vont commencer à se souvenir.

— Troisièmement, continuai-je sans me démonter, il déclare qu'il a fumé du crack et bu, mais il a réussi à viser et tirer cinq fois sur Peña. D'après ce que je sais, Michael n'a aucune expérience des armes à feu.

— C'est mince, dit Freeman. Il avait juste à le braquer sur lui.

— Je ne pense pas qu'il l'a tué.

— Sur la base de ces faits ?

— Écoutez, Freeman, prenez le dossier et lisez-le. Ce meurtre a exigé du courage et du sang-froid. Michael Ruiz est un drogué, un raté. OK, peut-être que je ne peux pas présenter des faits prouvant qu'il n'a pas tué Peña, mais je fais confiance à mon instinct.

— Vous êtes un bon, Henry, et je ne dis pas que vous vous trompez, mais pourquoi un gosse avouerait-il un truc aussi grave ?

— Il cherche le respect des gangs. Il veut avoir des potes. Selon sa psychothérapeute, il veut qu'on l'aime. Qu'est-ce qui lui apporterait plus de respect qu'un meurtre ? Vous et moi nous savons qu'il y a des gangs en prison, et s'il est incarcéré, on l'accueillera peut-être en héros. Surtout s'il protège le véritable coupable, qui appartient à un gang.

— Bon sang, faut vraiment plus savoir quoi faire pour en arriver là.

— Il en est là, dis-je. Écoutez, je ne fais pas confiance à ma source concernant le lien avec les gangs. Peut-être que vous réussirez mieux. Il prétend que le type qui l'accompagnait était un *vato* des Dogtown appelé Shorty. Vous pouvez vous renseigner ?

— Bien sûr, je peux. Mais il risque d'y en avoir des tas, des Shorty.

— Celui-là aurait été à Griffith Park il y a deux semaines.

— Autre chose ? demanda-t-il en griffonnant dans son calepin.

— Peña avait unanimement la réputation d'un connard. Voyez s'il s'est disputé avec quelqu'un dans les jours précédant sa mort. Quelqu'un qui aurait connu son emploi du temps. Voyez d'abord auprès de son personnel.

— OK. Et la famille ?

— Ils étaient avec lui le soir du meurtre.

— Vous pensez pouvoir négocier un compromis pour votre gamin ?

— Pas à ce stade. S'il était aussi défoncé qu'il le prétend, je peux éventuellement plaider l'irresponsabilité provoquée par la drogue. Nous requalifierons en homicide volontaire, mais cela finira quand même devant un jury. La seule autre solution est d'essayer de modifier la déposition du témoin oculaire en organisant une parade d'identification.

— C'est risqué. Il peut désigner une fois de plus votre gamin.

— Eh bien, au moins, ça lèvera mes doutes sur sa culpabilité.

Freeman parti, je commençai à réfléchir à une plaidoirie invoquant l'irresponsabilité. C'était une défense technique destinée à contrer l'argument de la préméditation. Si l'accusé était suffisamment intoxiqué pour qu'il ait grosso modo été impossible pour lui de réfléchir suffisamment afin de mettre son idée à exécution, il pouvait être démontré que son état mental interdisait la préméditation. Le lourd passé de drogué de Michael, ajouté à sa consommation de crack et d'alcool cette nuit-là, étayaient cet argument. Cependant, sa parole ne suffisait pas. J'essayai de réfléchir : quelqu'un l'avait-il vu ce soir-là après le meurtre ? Et je songeai à Lonnie Davis, son compagnon de chambre au SafeHouse.

Je franchis la porte blindée d'Essex House sur les talons d'un autre résident qui me lorgna d'un œil soupçonneux, mais il était trop encombré par ses sacs de courses pour insister. Par la grande fenêtre qui donnait sur la piscine, j'aperçus un solitaire qui prenait le soleil sur une chaise longue, walkman sur les oreilles et lunettes de soleil sur le nez. Lonnie. Je sortis et l'observai un moment.

Les murs roses étaient voilés par les ombres de cette fin d'après-midi. La piscine était lisse comme un miroir. La nuit que nous avions passée ensemble s'était fondue dans un souvenir de membres enlacés, draps froissés et sommeil agité, mais le voir me rappela ce moment torride. Il baissa la main pour prendre une cannette de Coca, releva la tête pour boire et s'interrompit. Un petit sourire se peignit lentement sur son visage. Un instant plus tard, j'étais auprès de lui.

Lentement, il ôta son casque, puis ses lunettes.

Il posa son Coca et enleva les jambes de la chaise longue pour me laisser m'asseoir. L'odeur de produit solaire, de sueur et d'eau de Javel montait de son corps dur et bronzé. Ses yeux bleus m'attiraient irrésistiblement.

— Salut. Content de te voir, Henry, dit-il.

— Moi aussi. Comment ça va ?

— Pas trop mal. Toi ?

Il balaya d'un revers la sueur sur son visage et s'essuya la main sur son maillot blanc.

— Ça va. Je ne t'ai pas remercié pour l'autre soir.

— C'est pour ça que tu reviens ? demanda-t-il en prenant son Coca et en me le tendant. Tu as l'air de crever de chaud.

Je pris la cannette. Nos doigts se frôlèrent et je bus le liquide sucré et visqueux. Je me souvins combien j'étais heureux cette nuit-là en rentrant chez moi. Cela faisait-il vraiment une semaine seulement ?

— J'aurais bien aimé, répondis-je. Mais c'est professionnel.

— Mike ? demanda-t-il. J'ai vu le journal ce matin. Tu es son avocat ?

— Oui. Je peux te poser une ou deux questions ?

— Je vais essayer d'y répondre.

— La nuit où il est sorti après le couvre-feu, l'as-tu vu quand il est rentré ?

— Juste deux minutes. J'étais déjà couché, à moitié endormi. Il a fait du bruit en trébuchant, ça m'a réveillé.

Je sautai sur le mot.

— Trébuché ? Il t'a paru ivre ? Défoncé ?

Lonnie prit la serviette sur laquelle il posait la tête et s'essuya.

— Possible. J'ai pas essayé de discuter. J'ai juste vu que c'était lui et je me suis rendormi.

— Mais il aurait pu être drogué ?

— Bien sûr, dit-il sans plus d'émotion. Il aurait pu. Pourquoi tu me demandes ?

— Je veux juste avoir une idée précise de ce qui s'est passé cette nuit-là. La police est venue t'interroger ?

— Non, pourquoi ? demanda-t-il d'un air inquiet.

— La nuit où Michael est sorti, c'est celle où Gus Peña a été abattu. À présent qu'on l'a arrêté, les flics vont interroger tous ceux qui l'ont vu.

— Qu'est-ce que je dois leur dire ? sourit-il.

— La vérité.

— C'est du *sérieux*, fit-il, le visage grave.

— Tu risques de devoir témoigner au procès.

— Je suppose que ça la ficherait mal si on savait que je couche avec un des avocats, non ?

— Non, pas du tout.

Une blonde en maillot bleu électrique sortit de l'immeuble et plongea à l'autre bout de la piscine. Nous la regardâmes un moment.

— Je vais te revoir ? demanda-t-il.

— Au tribunal, peut-être.

— OK. Tu savais que je pourrais être convoqué pour témoigner quand tu es venu l'autre soir ?

— L'autre soir, j'essayais de trouver Michael.

Jusqu'à ce matin, je ne savais pas qu'elle serait la situation.

— Je peux te croire ?

La fille nageait toujours dans la piscine. Je l'attirai contre moi et l'embrassai. Quelqu'un se racla la gorge derrière nous. Nous n'arrêtâmes pas pour autant. Finalement, nous nous séparâmes.

— À partir de maintenant, on doit respecter les règles. Ça ne signifie pas que je ne reviendrai pas te voir une fois le procès terminé, si tu le désires, toi aussi.

— Je crois que tu sais ce que je désire. Je te raccompagne. (Alors que nous regagnions la porte, il reprit :) Oh, tu te rappelles que tu cherchais la copine de Mike ? Angie ? Je crois que je l'ai croisée une fois. J'étais sur le perron et j'ai vu une voiture arriver et déposer Michael. Une fille était au volant. Mignonne. Il l'a embrassée.

Me souvenant de la voiture signalée sur le lieu du crime, je demandai :

— Elle était vieille, cabossée ?

— Pas vraiment. Toute neuve, le genre de petite bagnole japonaise. Une Miata ?

— Et la fille, assortie à la voiture ? demandai-je en ouvrant la porte.

— Complètement.

— On se verra au tribunal, M. Davis.

— Et on se reverra après, maître.

Quand je revins chez moi ce soir-là, la voiture de Josh était dans l'allée, la banquette arrière couverte de cartons. J'entrai et le trouvai aux fourneaux. Un gros steak marinait dans une poêle. De l'eau bouillait dans une casserole et des asperges séchaient sur du papier absorbant.

— Josh ?

Il referma la porte du four et se retourna.

— Salut, je te préparais à dîner.

— Je vois ça, dis-je en posant mon attaché-case sur la table. Comment va Steven ?

— Je l'ai ramené chez lui aujourd'hui, dit-il en se servant un verre de vin. Tu veux quelque chose à boire ?

— Non, merci. (Cela me faisait bizarre de le voir ici, puis je pensai aux cartons dans la voiture. Steven rentrait chez lui. Tout devenait clair.) J'ai vu ta voiture dehors.

— Je pensais avoir fini avant ton retour et te laisser un mot, mais ça ne m'a pas semblé correct.

— C'est la scène finale ? (Il se rembrunit et posa son verre.) Désolé, c'était mauvais. Je n'ai rien trouvé d'autre à dire.

— En déménageant mes affaires, j'ai cherché quelque chose à boire dans le frigo et il était vide. Je me suis dit que j'allais faire un peu de cuisine pour toi, c'est tout.

— Je n'ai pas très faim. (Je sentis une odeur de brûlé.) Éteins le feu avant de déclencher l'alerte incendie.

Il éteignit le gaz sous la poêle et vint s'asseoir à la table.

— Je ne voyais pas comment faire autrement, dit-il.

— Pas besoin de t'excuser. Ça faisait un moment que ça devait arriver.

— Je t'aimerai toujours Henry.

— Ne pleure pas, Josh.

Il s'essuya d'un revers de manche.

— Je ne pouvais plus faire semblant de revenir un jour, c'est tout.

— Ça ne fait rien, dis-je en lui caressant le visage. (J'avais du mal à parler et je n'avais qu'une envie, qu'il parte.) Comment ça va ? La santé, je veux dire.

— Je suis à dix T4. Le toubib a arrêté tous les traitements. AZT, DDI. Tout l'alphabet. Je vais voir un herboriste demain.

— Un quoi ?

— Un herboriste, répéta-t-il d'un ton défensif. Un spécialiste d'herboristerie chinoise. Steven ne jure que par lui.

— Steven sort à peine de l'hôpital, lui fis-je remarquer.

— Et il a aussi vécu cinq fois plus longtemps que ce que les médecins avaient estimé. (Il commençait à s'énerver.) Quel mal ça peut faire, Henry ? Qu'est-ce que j'ai à perdre ?

Je n'avais rien à répondre à cela. Comme toujours.

— Sois prudent, c'est tout. Parles-en à ton médecin.

— Bien sûr, mentit-il.

Je ne relevai pas.

— Laisse-moi ton téléphone, pour le courrier, les messages, ce genre de trucs.

— Il est sur ton bureau. (Il sortit un trousseau de sa poche.) Les clés de la maison.

— Tu es sûr ?

— Oui. Tu ne veux vraiment pas manger ?

— Pas ce soir. Mais emporte la bouteille de vin, d'accord ?

Il s'en empara et la vida dans l'évier. Puis il la rinça et la jeta dans la poubelle pour le verre, l'une de ses manies qu'il allait falloir que j'assume désormais seul. Je le regardai, toujours aussi petit, gracieux, mince, s'affairant dans cette pièce qui avait toujours été plus son domaine que le mien. Quand il se retourna, je lus une affreuse tristesse dans son regard et je dus me détourner, regarder la coupe bleue qu'il avait remplie d'oranges. Un petit geste élégant. Josh avait toujours eu une âme élégante.

— Si je suis resté à t'attendre, en réalité, dit-il, c'est que je me demandais si on pourrait faire l'amour.

— Ce n'est pas nécessaire, Joshua.

— Ce n'est pas ce que tu crois. Je ne veux pas te faire une faveur. Je veux que tu me la fasses. Je voulais te faire un dîner aux chandelles et te demander à la fin, mais... (Il sourit faiblement.) Si tu ne veux pas, je m'en irai.

Je l'attirai contre moi et posai mon visage sur son ventre, sentant ses doigts dans mes cheveux et sur mes épaules. Puis je me levai et nous allâmes dans la chambre.

Je tentai de tout voir pendant que nous faisions l'amour, mais je ne remarquai que les détails. Une cuisse nerveuse et poilue, l'odeur musquée de son entrejambe et de ses aisselles, son dos large et lisse. Je passai ma langue sur ses lèvres, touchant la dent qu'il s'était cassée des années plus tôt sur un morceau de pain dur dans un restaurant de Carmel. Pendant une seconde, je le revis patauger dans l'océan pendant que je prenais des photos depuis le rivage. Je le serrai contre moi, sentant son haleine sur ma joue. Il jouit avec un petit geignement et posa sa tête sur mon épaule. Quelques minutes plus tard, il était endormi et je sombrais à mon tour dans le sommeil.

16

— Je suis désolé d'avoir dû partir précipitamment l'autre jour, dis-je à Raymond Reynolds le lendemain matin. Si vous avez vu les journaux, vous devez savoir de quoi il s'agit.

Michael Ruiz devait comparaître à 10 heures. Reynolds avait accepté de me voir de très bonne heure. Pour une fois, les stores étaient tirés, révélant un paysage bien ordinaire de fils téléphoniques et d'enseignes de supermarché sur un ciel couleur d'ardoise.

— Pensez-vous qu'il soit significatif que vous ayez dû partir parce que quelqu'un avait besoin de vous ? demanda-t-il.

— Je suis quasiment disponible vingt-quatre heures sur vingt-quatre, répondis-je.

— Même durant l'unique heure de la semaine que vous vous consacrez, observa-t-il.

Comme toujours, de la même voix douce et

inquisitrice, comme si elle me questionnait du fond de moi-même.

— Je crois vous avoir dit que je n'étais pas du genre contemplatif.

— Non, ce que vous m'avez dit, c'est que pour vous, le but de l'existence n'est pas de s'asseoir sous un arbre et d'attendre l'illumination. C'est une fausse dichotomie, Henry. Ce n'est pas l'un ou l'autre. Juste avant de partir, la dernière fois, vous me disiez comment les choses avaient changé après la mort de votre père. Est-ce là que vous avez décidé de devenir avocat ?

— Pas immédiatement. J'ai mis deux ans pour m'y décider. C'était la fin des années soixante, et j'ai été aspiré par le mouvement pacifiste, ou du moins ce qui en restait. (Je repensai à cette lointaine époque où, progressivement, j'avais échangé mes livres de Yeats et Auden pour ceux de Marcuse et de Frantz Fanon.) Je suis devenu quelqu'un d'austère, ployant sous le poids de l'injustice du monde.

— Celle du monde, Henry, ou de votre père ?

— À l'époque, vous n'étiez pas là pour préciser, répliquai-je.

Il sourit de mon agacement.

— Vous ne m'auriez sans doute pas écouté, de toute façon.

— Quoi qu'il en soit, continuai-je, comme je voyais que les manifestations étaient sans issue, j'ai cherché une autre façon de changer le monde. J'ai opté pour le droit. Le droit pénal. Jamais je n'ai envisagé d'exercer dans un autre domaine.

— Et vous avez changé le monde ?

— Vous connaissez aussi bien que moi la réponse, dis-je, irrité.

Sans se laisser décontenancer par le ton de ma voix, il continua :

— Dans ce cas, pourquoi persistez-vous ?

Je parcourus la liste de réponses que j'avais en tête, mais aucune ne me sembla particulièrement convaincante.

— J'ai l'impression d'avoir à me justifier devant vous, préférai-je dire.

— Non, je me moque que vous soyez avocat ou pas. Je vous pose simplement une question que vous ne vous êtes jamais posée.

— Je me la suis posée. Ces dernières semaines, depuis que Josh est parti, plus souvent que durant les quinze ans qui ont précédé. La vérité, c'est que je ne sais plus pourquoi je suis avocat. Mais je ne me vois pas faire autre chose.

— Selon vous, que penserait votre père de vous, Henry, s'il était encore en vie ? Croyez-vous qu'il vous approuverait ?

— Mon père n'a jamais rien approuvé de mes actes.

— Alors en quoi ce que vous faites importe-t-il ?

— Ça n'a aucune logique.

— Il y a quelques minutes, vous vous décriviez comme quelqu'un d'austère et d'accablé. La dernière fois, vous m'avez dit que lorsque votre père était mort, cela avait été comme si le poids de sa vie était descendu sur vos épaules. Mais vous avez également déclaré qu'entre le moment où vous êtes entré à l'université et sa mort, vous vous sentiez libre. Qu'est-ce que cela signifie ?

— Seriez-vous en train de dire que je suis devenu mon père ?

— Ce n'est pas si simple, répondit Reynolds. Disons seulement que vous êtes devenu une personne différente de celle que vous pourriez être.

— Je ne peux pas accepter ça. Cela signifierait que ces vingt dernières années ont été perdues.

— Vous avez accompli des choses admirables ces vingt dernières années. On ne peut pas dire qu'elles aient été perdues. Mais vous avez toujours agi pour les autres. Que pouvez-vous faire pour vous-même ?

— Ne rien se refuser, c'est une idée qui me paraît tellement saugrenue.

— Quand un homme est fatigué et qu'il se repose, vous n'allez pas dire qu'il ne se refuse rien.

— Fatigué, répétai-je. Là, vous avez bien raison.

— *L'État contre Ruiz*, annonça la greffière.

Je quittai la galerie pour gagner la table des avocats, pendant que dans les bancs du jury, un huissier donnait un coup de coude à Michael qui se levait lentement. Il avait mauvaise mine avec ses joues mal rasées et ses yeux rouges. Je lui fis un petit signe de tête. De son estrade, le juge O'Conner se tourna avec agacement vers la greffière :

— Je n'ai aucun document sur lui.

— Les voici, Votre Honneur, dit-elle en lui tendant un dossier.

Il y jeta un coup d'œil, puis regarda derrière moi en direction des caméras de télévision postées au fond de la salle. C'était un dossier de premier plan. Le juge O'Conner, nouvellement élu, ancien procureur auprès la cour d'appel, n'appréciait pas de se retrouver sous les projecteurs.

— Vous, les médias, dit-il en agitant un index menaçant, vous vous calmez, dans le fond. Nous ne sommes pas dans un épisode de *La Loi de Los Angeles*.

Tandis qu'il se replongeait dans le dossier, je jetai un coup d'œil vers la salle. Bill et Carolina Ruiz étaient assis vers le fond. Édith Rosen était là également, mais à un autre rang. Derrière la table de l'accusation siégeait la famille Peña : mère et enfants. À côté du fils était assise une blonde en vêtements très moulants dont le rouge à lèvres éclatant brillait comme un phare. Bien qu'apparemment de dix ans plus âgée que lui, elle s'appuyait contre le fils de Peña avec des airs de propriétaire et lui tripotait la main. Mme Peña considérait la scène d'un regard réprobateur. Sa fille était assise bien droite, le regard fixé vers le coin de la salle. Je le suivis et constatai qu'elle observait Michael.

— OK, dit le juge O'Conner. *L'État contre Ruiz*. Veuillez noter que l'accusé est présent. Est-il représenté ?

— Oui, Votre Honneur, dis-je. Henry Rios pour l'accusé.

O'Conner me fit un petit sourire. Nous nous étions connus à la faculté et nous déjeunions régulièrement ensemble quand mes devoirs m'amenaient à la cour d'appel.

— Bonjour, M. Rios, dit-il. L'État sera représenté par Mlle Castle...

— Non, Votre Honneur, tonna une voix d'homme derrière moi. Je me retournai et vis l'adjoint au district attorney Anton Pisano descendre l'allée d'un air important. Ce n'était pas une bonne nouvelle. Tony Pisano n'était pas seulement futé et tenace, mais prêt à tout pour tirer la couverture à lui et satisfaire ses ambitions politiques. L'avoir comme adversaire signifiait que tout se jouerait devant les caméras dans un combat à mains nues. Je regardai Alex O'Conner, qui montrait déjà une certaine inquiétude.

— Anton Pisano pour l'État, dit Pisano.

— Dûment noté, dit aigrement O'Conner.

— Ne soyez pas si enthousiaste, plaisanta Pisano.

— Nous nous passerons des commentaires, maître, répliqua O'Conner. M. Rios, votre client renonce-t-il à la lecture des faits ?

— Oui, dis-je en allant rejoindre Michael.

— Très bien. Michael Ruiz, vous êtes inculpé de violation du Code pénal, section 187, assassinat. Comment plaidez-vous ?

— Non coupable, lui chuchotai-je.

— Non coupable, répéta-t-il d'une voix creuse.

— En outre, il est avancé que vous avez utilisé pour ce crime une arme à feu entrant dans la catégorie 12022 du Code pénal. Admettez-vous ou niez-vous cette allégation ?

— Niez, chuchotai-je.

— Je nie, dit-il avec un peu plus d'énergie.

Avant que j'aie pu prononcer un mot, Anton Pisano avait bondi sur ses pieds.

— Votre Honneur, en anticipation d'une demande de mise en liberté sous caution, l'État souhaiterait être entendu.

— M. Pisano, si la défense demande la mise en liberté sous caution, vous aurez toute latitude pour répondre. M. Rios ?

— La défense demande la mise en liberté sous caution.

— Vous envisagez un montant ? demanda O'Conner.

— La défense estime qu'une caution de cent mille dollars conviendrait.

Il n'y avait pas de tarif pour un crime capital, mais proposer cent mille dollars, c'était comme en offrir dix mille pour une Rolls-Royce. Si je ne m'attendais pas à ce qu'il accepte, je me disais que je pourrais au moins savoir sur quel terrain nous allions nous placer.

Tony Pisano se contenta de ricaner.

— C'est grotesque, Votre Honneur. Il s'agit d'un assassinat et non pas... (Il marqua une pause, le temps de trouver une comparaison suffisamment caustique)... d'un trouble de la voie publique.

— D'après mon expérience, dis-je, le bureau du district attorney de Los Angeles est tout à fait capable d'assimiler un crachat sur un trottoir à un crime capital.

— En l'occurrence, votre client a craché des balles, répliqua Pisano.

— Messieurs, s'agaça O'Conner. Je ne trouve pas cet échange aussi amusant que vous. En outre, j'ai un emploi du temps très chargé ce matin, et si vous vous lancez dans des chamailleries, je ne m'en sortirai jamais. Je fixe une audience pour mise en liberté sous caution à 15 heures. Vous souhaitez la présence de votre client, M. Rios ?

— S'il vous plaît. Et, Votre Honneur, la défense aimerait que la cour examine le rapport de police sur cette affaire.

— OK. Audience ajournée jusqu'à 15 heures. Appelez l'affaire suivante.

— Je viens te trouver dans ta cellule dans un moment, dis-je à Michael. Tes parents veulent te voir. Ça va ?

— Ouais, dit-il d'un ton pas très convaincant, tandis que l'huissier posait sa main sur son épaule pour l'emmener.

— Sortons, chuchotai-je aux Ruiz.

Nous arrivâmes à la porte en même temps que Mme Peña, suivie de ses enfants. Entre la salle et le couloir se trouvait une petite antichambre où les avocats conféraient avec leurs clients et négociaient entre eux. Nous y pénétrâmes tous les sept en même temps. Mme Peña se dirigea rapidement vers la sortie, mais Carolina Ruiz la retint en posant la main sur la manche de son tailleur mauve.

— Grace, vous savez que mon fils n'a rien à voir avec tout cela, dit-elle d'un ton pressant.

Graciela Peña se dégagea sans ménagement.

— Je ne peux pas vous parler.

— Tino ? Angela ? gémit Carolina alors que les enfants passaient sans lui jeter un regard. Mais enfin, vous connaissez mon fils.

Tino s'arrêta, toujours flanqué de sa blonde qui avait l'air inquiet.

— Ma mère est bouleversée, Mme Ruiz, dit-il en lui prenant la main. Je suis désolée de votre infortune. Mais c'est au tribunal de décider, à présent.

— Merci, Tino, murmura-t-elle.

Bill vint la rejoindre et posa son bras sur son épaule.

— Il y a une petite salle de conférence au bout du couloir, dis-je.

Nous sortîmes. Des journalistes aux cheveux laqués se précipitèrent sur nous en brandissant leurs micros comme des harpons.

— Avez-vous une déclaration à faire ? brailla l'une.

— Vous l'avez déjà entendue, dis-je. Non coupable.

Je les entraînai rapidement dans le couloir. Les journalistes auraient sûrement insisté si Anton Pisano n'était pas sorti de la salle à son tour, trop content qu'on le prenne en photo.

Carolina Ruiz se laissa tomber dans un fauteuil et sortit de son sac un paquet de longues et fines cigarettes. Son mari lui en alluma une, puis il s'installa à son tour, l'air anéanti dans son beau costume gris. Je m'adossai au mur. Naguère, j'avais fait venir dans cette pièce les parents d'un client accusé de meurtre et j'avais failli en venir aux mains avec le père. Avec Bill Ruiz, il me semblait que je n'aurais pas ce problème. J'avais la nette impression qu'il était plus perplexe qu'en colère contre son fils, comme devant un investissement qui, inexplicablement, ne rapportait pas ce qu'il en escomptait. Carolina, c'était une autre paire de manches.

— Pourquoi le juge n'a pas libéré Mikey sous caution ? demanda-t-elle.

— Il veut entendre nos arguments et y réfléchir. Nous avons un problème avec le D.A. : Pisano est bien décidé à se faire un nom et il va sauter sur la moindre occasion. Il va demander à la cour de fixer un montant prohibitif. La bonne nouvelle, c'est que le juge est équitable.

Carolina frappa le sol d'un pied coûteusement chaussé.

— Comment ça, équitable ? Il est anglo-saxon, non ?

Cela m'intéressa de voir combien Carolina Ruiz en voulait aux Anglo-Saxons, même après toutes ces années passées dans leur monde. En revanche, son mari s'était parfaitement assimilé, jusqu'au diminutif qu'il utilisait – Bill – alors qu'elle restait comme par défi Carolina – pas Carol ni même Caroline. Je me demandai comment Michael réagissait à cette attitude ambiguë concernant ses origines et si cela avait contribué à faire de lui un marginal.

— En principe, quand il fixe la caution, le juge est seulement censé estimer si l'inculpé présente une menace pour la société et s'il risque de prendre la fuite, dis-je. Mais dans les faits il lui arrive de prendre en compte les antécédents criminels, la gravité du crime, etc. Si je lui ai demandé de lire le rapport de police, c'est pour qu'il ait une idée de la faiblesse des preuves. J'espère qu'il verra que les flics ont mis le grappin sur Michael parce que c'est une affaire très politique qu'il leur fallait élucider au plus vite. Du coup, peut-être qu'il ne sera pas trop sévère pour la caution. (Je marquai une pause et réfléchis à ce que j'allais dire, préférant éviter d'irriter davantage Carolina.) Évidemment, il sait aussi que c'est le genre d'affaire qui marque le public. S'il relâche Michael et que celui-ci prend la fuite, ce sera très ennuyeux pour Alex.

— Alex ? répéta Bill.

— Le juge, répondis-je. Nous étions à la fac de droit ensemble.

— Tant mieux, dit Bill, qui savait ce que valaient les relations.

Carolina laissa tomber sa cigarette par terre et l'écrasa avec une rage peu féminine.

— J'en reviens pas que cette salope ait refusé de me parler.

— Mme Peña ?

— Parce que ça lui fait quelque chose que ce con soit mort ? continua-t-elle, furieuse. Il la trompait avec toutes celles qui voulaient bien de lui.

— Qui était la blonde qui les accompagnait ?

— La petite copine de Tino, apparemment, dit-elle avec indifférence.

— Elle a l'air un peu âgée pour lui, observai-je.

— On peut aller voir Mikey, maintenant ?

— Bien sûr, mais les journalistes sont probablement encore à l'affût.

— Je les emmerde, dit-elle en se levant et en lissant sa robe.

— Attends, la retint Bill. Dites, continua-t-il pour moi, si la caution dépasse les cent mille dollars...

— On vendra la maison, aboya-t-elle. L'immeuble. On aura de quoi.

— C'est notre retraite, dit-il.

— Combien vaut la liberté de Mikey ? demanda-t-elle.

L'argument était imparable : il n'insista pas. En la regardant, je me demandai quel était le prix de la culpabilité.

— Allons-y, dis-je en ouvrant la porte pour échapper à la meute des journalistes qui se ruait sur nous.

— Vous êtes les parents ? cria quelqu'un.

Les Ruiz s'arrêtèrent.

— Oui, nous sommes les parents, dit Carolina. Et nous savons que notre fils est innocent de ce crime affreux.

Je les entraînai rapidement vers les cellules avant qu'on ne leur pose d'autres questions.

Je restai à l'écart pendant que les Ruiz parlaient à Michael à travers la grille de l'un des quatre parloirs.

Les trois autres étaient occupés par des avocats s'entretenant avec leurs clients. L'un d'eux m'aperçut et me fit un clin d'œil.

— Cent mille pour un assassinat, dit-il. Vous rêvez.

Michael était assis face à sa mère, le visage sans expression. Il secoua une ou deux fois la tête d'un air irrité. J'entendis Carolina élever la voix, mais Bill murmura quelque chose et elle s'apaisa. Mère et fils se ressemblaient beaucoup. Même teint, même visage anguleux et animé. C'était comme s'ils se regardaient dans un miroir et qu'ils n'aimaient pas ce qu'ils y voyaient. L'un des deux apprendrait-il jamais à céder ?

— Je vais vous laisser, maintenant, dis-je. Michael, je reviendrai te parler cet après-midi avant l'audience.

Dans le hall, les caméras et les journalistes avaient cédé la place à l'habituelle foule de gens inquiets et d'enfants agités. J'allais prendre un café quand Édith Rosen m'arrêta.

— Pensez-vous que le juge va accorder la caution, Henry ?

— Je vais boire un café, répondis-je. Accompagnez-moi.

En bas, dans la sinistre cafétéria, une folle assise à une table parlait toute seule. Un avocat épuisé engloutissait un énorme petit déjeuner — œufs sur le plat, bacon, pommes de terre et haricots. Je payai et rejoignis Édith à une table près de la fenêtre qui donnait sur Temple Street. Il faisait gris et chaud. Nous n'étions qu'à la mi-mai, mais l'été était déjà là.

— Je ne sais pas s'il accordera la caution. Le problème, ce n'est pas le passé criminel de Michael, c'est son habitude de s'échapper des résidences que lui assigne la justice.

— J'ai une idée, dit-elle en soufflant sur son café. Vous avez entendu parler de la détention à domicile ?

— J'ai lu des articles sur le sujet, oui. Mais c'est utilisé seulement dans les délits mineurs.

— Les affaires de conduite en état d'ivresse. Pour soulager les prisons surpeuplées. Les gens purgent leur peine chez eux. (Elle but une gorgée de café.) Ils portent à la cheville un bracelet électronique relié au bureau des conditionnelles. Certains pensionnaires du SafeHouse en portaient, continua-t-elle. S'ils quittaient le centre, le bracelet émettait un signal et le bureau appelait. En cas de non-réponse, ils envoyaient la police.

— Peut-être que je vais pouvoir convaincre O'Conner de faire cela, dis-je. Ça vaut la peine d'essayer. Qu'en est-il de vos problèmes ?

— Je vais faire appel du licenciement. C'est pour vous le dire que je suis venue, et pour vous prévenir que je me retirais du dossier Michael. J'ai fait tout ce que j'ai pu pour lui.

— Vous avez fait plus que cela.

— Oui, des choses que je n'aurais pas dû. Je ne veux pas me compromettre davantage. Je laisse cela entre vos mains, à présent, Henry.

Nous bûmes nos cafés. Elle était fatiguée, les

traits tirés. Je n'avais pas le cœur de lui dire que Michael m'avait avoué le crime. Je ne l'avais dit à personne, ne sachant pas encore ce que j'allais faire de tels aveux.

La folle se leva et serra la main d'un interlocuteur invisible. Édith la regarda, puis se tourna vers moi.

— Michael n'avait pas très bonne mine.

— Passez deux nuits en prison, vous verrez.

— J'ai vu Mme Peña dans la salle.

— Pisano adore avoir la famille de la victime sous la main.

— Belle femme. Et beaux enfants.

— Tino s'en est apparemment trouvé une aussi. La blonde en débardeur lamé.

— J'ai remarqué que la mère ne voyait pas cela d'un bon œil. La fille a l'air charmante.

— Oui, Angela. (J'allais boire mon café quand soudain, je revis Angela qui regardait Michael. Angela.) Angie ?

— Quoi ? demanda Édith.

— Le nom de la fille. Angela. Angie. Édith, avez-vous déjà vu cette fille au centre ?

Elle posa sa tasse.

— Son frère et elle venaient parfois chercher Gus. Il n'avait pas le droit de conduire, son permis avait été suspendu.

— L'avez-vous déjà vue parler à Michael ?

— Non, il ne me semble pas qu'ils se connaissaient.

— Ça devait être le cas, pourtant. Michael m'a

dit qu'il était allé chez les Peña avec son père et qu'il fréquentait la même école que le fils. Édith, vous rappelez-vous la marque de la voiture d'Angela ?

— Oh, Henry, je ne remarque pas ce genre de choses.

— Je vous en prie, essayez de vous souvenir.

Elle pinça pensivement les lèvres.

— Une sorte de voiture de sport, il me semble. Petite. Blanche, je crois.

17

Après le déjeuner, je retournai aux cellules. Michael fumait, seul dans la sienne. Sa main tremblait affreusement. Au bout d'un moment, je compris que ce n'étaient pas les nerfs : il était en manque. À la prison, il était en isolement, ce qui l'empêchait de se procurer de la drogue auprès des autres détenus. Cela faisait presque quatre jours qu'il en était privé : pas étonnant qu'il souffre.

— Comment ça va ? lui demandai-je une fois que l'huissier m'eut fait entrer dans la cellule.

— Quand ça sera fini ? me demanda-t-il, lc rcgard vide.

— Quoi ?

— Tout.

Je m'assis à côté de lui sur le banc métallique.

— Ça dépend de toi, Michael.

— Je sais pas de quoi vous voulez parler, geignit-il.

— Et si on s'intéressait à Angela Peña ?

— Je la connais à peine.

— Michael, on t'a vu avec elle. Elle t'a déposé au centre avec sa petite voiture de sport blanche. Tu l'as embrassée. Et j'ai vu comment elle te regardait à l'audience, ce matin.

— Conneries, conneries, murmura-t-il. (Il frissonnait. Je touchai son visage. Il était glacé. Il recula vivement.) Me touchez pas, merde !

— Je vais demander qu'on te transfère à l'hôpital.

— C'est que dalle. J'ai connu bien pire.

— Alors, Angela ?

— Quoi, Angela ? demanda-t-il en s'adossant au mur. C'est pas ma copine.

— Mais tu la connais.

— Oui, elle est venue à une soirée chez mes parents. Ma mère m'a obligé à lui parler. Elle est sympa. Elle est venue au SafeHouse prendre son père un jour et on a discuté. C'est tout.

— Et le baiser le jour où elle t'a raccompagné ?

— Elle m'a vu marcher dans la rue et elle m'a pris. Vous croyez pas qu'une meuf comme ça me laisserait la toucher ?

— Lonnie Davis m'a dit que tu lui téléphonais. Tu lui as dit que c'était ta copine.

— Je lui ai raconté ça pour qu'il essaie pas de me tripoter, ce pédé, ricana-t-il. Vous êtes dingue si vous pensez qu'elle voudrait de moi.

— Tu avais envie d'elle, toi ?

— Tout ce que je veux, c'est me défoncer. C'est ça, mon kiff.

— Tu persistes à affirmer que tu as tué Peña ?

— Vous voulez que je mente ?

— Pourquoi aurais-tu voulu tuer Gus Peña. C'était pratiquement un inconnu pour toi. Il t'a surpris avec sa fille ?

— Allez vous faire foutre.

— Je vais essayer de te faire libérer sous caution, Michael. Les conditions seront très strictes. Tu seras confiné chez tes parents. (Je lui expliquai le principe de la détention à domicile.) Pas de drogue, pas d'alcool. Si le tribunal accepte, cela va coûter beaucoup à tes parents.

— Je peux pas aller chez ma grand-mère ? geignit-il comme un petit garçon.

— Je ne veux pas que tu retournes dans ce quartier.

— Alors autant me laisser en taule, grinça-t-il.

— Fais attention, c'est ce qui pourrait bien t'arriver.

J'arrivai à l'audience peu avant 15 heures et allai voir la greffière. Je demandai une entrevue avec O'Conner dans son bureau dès que Pisano serait là. Elle revint après être allée se renseigner et m'annonça que le juge allait nous recevoir. Pisano arriva, accompagné de Tino Peña.

— J'ai demandé au juge une entrevue dans son bureau, lui dis-je alors qu'il s'asseyait.

— Pourquoi ? demanda-t-il en haussant des sourcils soupçonneux.

— Il nous attend, répondis-je.

Je me dirigeai vers le bureau et Pisano me rattrapa précipitamment.

O'Conner était en manches de chemise devant un monceau de documents, une banane entamée posée à côté de lui. Ayant vu combien il était mal à l'aise le matin, je tablais sur le fait qu'il nous laisserait discuter de la caution ici, loin du public, prendrait sa décision et la présenterait en audience comme un fait accompli. Autrement, il y avait des risques que la présence de la presse le rende capricieux et lui fasse refuser la mise en liberté simplement pour éviter des débats.

— Votre Honneur, commençai-je dès que je fus assis, la défense souhaiterait discuter de la mise en liberté ici, loin du cirque médiatique.

— Un instant, coupa Pisano. Je veux que ce soit consigné.

— Nous pouvons consigner tout ce que vous voulez, mais écoutez-moi, au moins.

O'Conner se frotta le menton. La fenêtre derrière lui donnait sur l'immeuble du *Los Angeles Times* qui se dressait dans le smog comme un mausolée.

— Eh bien, puisque vous êtes là, dit-il.

— J'objecte à cette procédure, dit Pisano en frappant le coin du bureau.

— M. Pisano, n'endommagez pas le mobilier, dit délicatement O'Conner.

— Pourquoi avons-nous cette audience secrète ? insista Pisano.

— Je n'aime pas ce que vous sous-entendez, se renfrogna le juge. Il n'y a absolument rien qui interdise d'en discuter dans mon bureau avec vous.

— Les caméras seront encore là tout à l'heure, Tony, intervins-je. Vous aurez tout le loisir de faire votre discours.

— Vous m'accusez de comportement inconvenant ? demanda-t-il avec un regard noir.

— Oh, je vous en prie, dit O'Conner. Finissons-en. Quelle est votre proposition, M. Rios ?

— Pendant le déjeuner, je me suis renseigné sur le programme de détention à domicile instauré par le bureau des conditionnelles. (J'exposai les détails. O'Conner semblait intrigué.) Si vous acceptez la mise en liberté sous caution, mon client accepte cette solution. Ainsi, le risque de fuite est évité. Non pas, ajoutai-je, que mon client présente un tel risque. C'est simplement que, cette affaire étant très médiatisée, j'ai pensé que la cour préférerait le remettre en liberté dans de telles conditions.

— Si votre client ne présentait pas de risques, vous n'auriez pas à recourir à la détention à domicile, dit Pisano. Et de toute façon, nous devons tenir compte du facteur risque pour la sécurité publique. Il a tout de même assassiné quelqu'un.

Pour une fois, je fus reconnaissant à Pisano de son emportement. S'il avait insisté pour que nous consignions l'entretien, O'Conner se serait peut-être senti pris au piège devant les caméras.

— Accuser quelqu'un d'un meurtre ne prouve pas qu'il l'ait commis, observai-je. Mon client a un casier vierge, en dehors d'un incident survenu quand il était mineur, et dont la cour ne peut évidemment pas tenir compte maintenant qu'il est majeur.

— Oh, je vois, dit Pisano. Nous sommes censés oublier cette inculpation pour attaque à main armée.

J'avais prévu cette riposte.

— C'est une fois de plus un exemple de votre tendance à surqualifier les délits, dis-je. (Je sortis de mon attaché-case le rapport sur l'affaire.) Mon client est entré dans une épicerie avec un pistolet à eau, sous l'influence de la drogue, et il a été maîtrisé avant d'avoir pu ressortir. Votre bureau a qualifié cela d'attaque à main armée, mais le tribunal des mineurs a très bien compris de quoi il s'agissait. Michael a été envoyé en camp d'éducation surveillée, même pas dans un centre de redressement. Il a été mis en conditionnelle sur une période assez longue de manière à faciliter sa désintoxication.

Je posai le rapport sur le bureau d'O'Conner.

Pisano voulut parler, mais le juge le retint.

— Laissez-moi lire ceci.

Quand il eut terminé, il me rendit le rapport avec un soupir.

— Mon client a des problèmes de drogue et non pas de violence, dis-je, profitant de mon avantage. Il a une famille équilibrée qui est prête à sacrifier toutes ses économies pour lui permettre de séjourner chez lui et bénéficier d'un soutien psychologique.

— Faites donner les violons, murmura Pisano en

se tortillant sur son fauteuil. Puis-je rappeler au tribunal que cet ancien drogué coupable d'une attaque à main armée est accusé d'avoir assassiné un sénateur de l'État ?

— Je vous arrête tout de suite, dit O'Conner. L'identité de la victime n'a rien à voir. La valeur de la vie humaine n'est pas déterminée par le statut social.

— C'est exact, concéda Pisano, mais cet homme était une personnalité et on l'a assassiné...

O'Conner leva l'index.

— Maître, comme vous le savez, l'accusation aurait pu invoquer des circonstances aggravantes dans ce dossier si elle avait pu prouver que le meurtre du sénateur Peña était lié à ses activités officielles. Ces circonstances n'ayant pas été prouvées...

— Notre enquête est en cours, dit Pisano.

— Eh bien, répliqua le juge, je tranche d'après ce que l'on me présente. Les circonstances aggravantes n'ont pas été prouvées.

— C'est sans doute parce que l'accusation sait que le dossier est suffisamment faible sans aller jusqu'à la peine capitale, dis-je.

— Faible ? s'étonna Pisano. Nous avons un témoin oculaire.

— Une identification incertaine, dis-je. Ce qui me rappelle que la défense demandera également au tribunal une parade d'identification. Mon client n'est pas votre coupable et cela le prouvera.

— Nous verrons, murmura Pisano.

— Vous devez être bien sûr de votre fait, dit O'Conner.

— Ou bluffer, ajouta aigrement Pisano. Où était-il la nuit du meurtre de Peña ?

— Vous n'êtes pas assez bête pour poser de telles questions.

— Nous n'avons toujours pas parlé chiffres, M. Rios, dit O'Conner. À moins que vous ayez été sérieux en proposant tout à l'heure cent mille dollars.

— Cinq cent mille, dis-je. Et c'est plus que cela ne les vaut, étant donné la faiblesse des charges pesant sur mon client. Cela servira simplement à apaiser l'hystérie qui règne autour de ce procès.

— Mon Dieu, dit Pisano. Vous n'êtes pas sérieux. Monsieur le juge, si vous le laissez partir pour cinq cent mille dollars, la cour d'appel vous contredira dans l'instant.

Je jetai un coup d'œil à O'Conner. C'était manifestement la chose à ne pas dire.

— Cela ne vous plaira peut-être pas, dit O'Conner, pincé, mais j'ai passé neuf ans comme procureur à la cour d'appel et durant cette période, jamais nous n'avons retoqué aucune mise en liberté sous caution.

Voyant qu'il avait perdu la partie, Pisano joua le tout pour le tout.

— Il y a toujours une première fois, monsieur le juge, dit-il.

— J'ai réfléchi à votre requête, dit O'Conner de son estrade. Et, après notre entrevue dans mon bureau, j'accorde la mise en liberté sous caution. Vous allez pouvoir figurer dans les minutes, ajouta-t-il pour Pisano qui s'était déjà à moitié levé. La caution est fixée à sept cent cinquante mille dollars. (Un murmure parcourut la salle bondée. Personne ne savait qu'O'Conner avait rajouté deux cent cinquante mille pour se justifier auprès des médias.) Cela sous plusieurs conditions, continua-t-il. L'accusé sera confié à ses parents dans le cadre du programme de détention à domicile. Il devra porter en permanence un bracelet électronique et rester au domicile familial. Il continuera de recevoir un soutien psychologique. Il s'abstiendra d'absorber aucune drogue, alcool compris, et sera soumis à des tests de dépistage. Il obéira à la loi et se conformera aux termes de sa conditionnelle. Son statut sera examiné à l'audience préliminaire qui se tiendra (il consulta son calendrier) à la Division 59, devant le juge Schrader. La parole est à vous, M. Pisano.

— Tino !

Le jeune homme qui marchait devant moi sur le trottoir ralentit, jeta un coup d'œil par-dessus son épaule et s'arrêta. En le rejoignant, je remarquai combien il ressemblait peu à son père. Il tenait plutôt du côté de sa mère. Avec son costume bleu et sa cravate rouge, il aurait pu facilement passer pour un jeune *associate* d'un gros cabinet. D'ailleurs, j'avais entendu dire qu'il étudiait le droit à la Southland University, bastion des fils de famille. Apparemment, Gus avait fait en sorte d'épargner à son fils les privations qu'il avait subies.

— Bonjour, M. Rios, dit-il d'un ton neutre.

— Appelez-moi Henry. Je voulais vous remercier d'avoir parlé à Carolina Ruiz ce matin.

Ce n'était pas tout à fait vrai. La relation entre Michael et Angela Peña me titillait encore et, bien que les déclarations de Michael m'aient paru plausibles, je ne cessais de penser au portrait que m'en avait tracé Lonnie Davis. Lui au moins était impartial, tandis que Michael pouvait avoir quelque chose à cacher. Je m'étais dit qu'il avait toutes les raisons de mentir et de protéger Angela, s'il avait tué Peña et qu'elle y était pour quelque chose.

— Ce n'est rien, dit Tino, se détendant. Je sais que ce doit être difficile pour elle que Michael soit en prison.

Je fus surpris de sa magnanimité.

— Étant donné la raison pour laquelle il y est, vous semblez remarquablement peu lui en vouloir.

— Ce n'est pas ce qui ramènerait mon père, dit-il.

— Mais vous voulez que justice soit faite, n'est-ce pas ?

Il parut mal à l'aise.

— Peut-être ne devrais-je pas vous parler. Je vais probablement devoir témoigner. J'étais là-bas, vous savez.

— Je ne veux rien vous demander sur le soir du meurtre. Je peux vous accompagner une minute ? (Avant qu'il ait pu répondre, je le pris par le bras et l'entraînai en avant.) On m'a dit que vous étiez en droit à Southland.

— Ouais, je commence juste.

Nous arrivions à un feu rouge.

— En septembre ?

— Je suis rentré le mois dernier. J'étais à Berkeley.

Le feu passa au vert.

— Où est votre voiture ?

— Juste au coin de la rue.

— Boalt est une bonne fac, dis-je. Meilleure que Southland, pour certains. Pourquoi avoir changé ?

— Après... (Il hésita.) ... l'accident de mon père à Sacramento, j'ai voulu être plus près de la famille.

— Je comprends, dis-je alors que nous passions devant l'hôtel de ville. Que pensaient vos parents du fait que Michael sorte avec Angela ?

Il s'immobilisa.

— Je vous demande pardon ?

— Ils étaient au courant, non ?

— Excusez-moi, M. Rios, dit-il poliment, mais je pense que nous devons cesser cette conversation.

— Je comprends, Tino. Je faisais juste mon travail.

— Bien sûr, dit-il en se hâtant de filer.

Revenu au cabinet, je relus les rapports d'enquête sur le meurtre de Peña. Quelque chose qu'avait dit Tino m'avait paru faux. Bien sûr, le rapport indiquait que seules sa mère et sa sœur accompagnaient Peña à ce dîner. Pourquoi avait-il menti ? J'appelai Freeman et lui demandai de se renseigner sur Angela et Michael et sur l'emploi du temps de Tino le soir du meurtre.

18

Il se trouva que Michael ne fut libéré que le lendemain matin, car il restait à juger de sa violation de conditionnelle. Pisano avait tenté de s'en servir pour le maintenir en détention jusqu'à l'audience préliminaire, mais le juge qui avait imposé la conditionnelle le libéra après avoir conféré avec O'Conner. Celui-ci avait été courageux de défendre sa décision de libérer Michael sous caution : les médias l'avaient éreinté. Le D.A., toujours prêt à se faire mousser, avait menacé d'aller jusqu'à la Cour suprême d'État pour faire casser la décision. Les autres politiciens de la ville s'étaient tous alignés derrière lui et avaient accablé O'Conner. Du coup, je ne me sentais pas particulièrement bien disposé à l'égard des élus locaux tandis que je descendais en ville retrouver Inez Montoya à déjeuner.

En chemin, le téléphone sonna. C'était Freeman.

— Il était à la fac, à la bibliothèque.

— Qui ?

— Le fils Peña. Il a reçu un appel vers 23 heures.

Les gratte-ciel du centre apparaissaient à travers un épais brouillard.

— Vous êtes sûr, Freeman ?

— Désolé de vous décevoir.

— Oh, tant pis. C'était juste une idée. Et la fille ?

— Elle était avec son père.

— Oui, je sais, mais ses relations avec Michael ?

— Elle va au lycée catholique qui se trouve près de l'aéroport, mais elle habite chez ses parents. Elle a deux copines, mais dès que je leur ai dit qui j'étais, elles se sont fermées comme des huîtres. Elle possède effectivement une Miata blanche, cela dit, si ça vous aide.

— Au SafeHouse, on se rappelle l'avoir vue avec Michael ?

— Le directeur, comment il s'appelle — Sweeny ? Il m'a dit qu'il allait appeler les flics si je ne filais pas.

— Je m'occuperai de lui plus tard. Et le changement d'université de Tino ? Y avait-il quelque chose de louche ?

— C'est correct. Mais je peux aller me renseigner là-bas, dit-il sans enthousiasme.

— Non, je ne pense pas que je pourrais justifier les frais. Et notre ami Shorty ?

— Je cherche toujours.

— On dirait qu'on fait chou blanc sur tous les fronts.

— Eh bien, j'ai quelque chose d'intéressant, dit-il. Quelques semaines avant le meurtre, les voisins ont appelé les flics à cause de Peña.

— Pour quel motif ?

— Violences domestiques, apparemment.

— Quelqu'un a été arrêté ?

— Non, les flics sont venus, on leur a dit qu'il n'y avait rien, et ils sont partis. Mais, continua-t-il, j'ai suivi mon intuition et je suis allé à l'hôpital du coin. St Vincent. Mme Peña y a été admise il y a trois mois. Quelques bleus et des saignements. (Il se racla la gorge.) Des suites d'une chute.

— Il y a trois mois. Donc après l'accident de Peña, alors qu'il était censé être désintoxiqué. Qui l'a amenée ?

— Le fils.

Une fois dans Little Tokyo, où je devais retrouver Inez, je garai ma voiture dans un nouveau parking édifié à l'emplacement d'un sushi-bar que je fréquentais à mon arrivée à L.A. deux années auparavant. À l'époque, les vitrines gentiment miteuses de cette partie de First Street exposaient des répliques en plastique des plats proposés. Cependant, le quartier avait été réhabilité et Little Tokyo était de plus en plus sophistiqué. Je traversai la rue et gagnai l'unique restaurant chinois du coin, le Far East Café.

Inez m'attendait dans l'une des alcôves en bois. Un très vieux serveur particulièrement maussade vint déposer sans ménagement un menu graisseux devant moi et me demanda ce que je voulais boire.

— Un Coca, dis-je. (Il fronça le nez d'un air

réprobateur et fila.) C'est le pire chinois de la ville, dis-je à Inez.

— Mon père m'y amenait toujours, dit-elle en haussant les épaules. Et puis le poulet aux amandes n'est pas trop mal.

— Tu voulais me voir.

— Tu vas me détester quand je t'aurai dit pourquoi, répondit-elle avec un sourire désarmant. Alors commandons avant.

Le serveur revint avec mon Coca. Inez commanda et l'homme répéta le nom de chaque plat, puis marmonna à mi-voix d'un air méprisant en prenant note.

— Nous sommes amis depuis longtemps, Henry, dit-elle.

— Oh, ça promet d'être déplaisant.

— Tais-toi et laisse-moi finir. Je sais que je peux te parler en toute franchise. Laisse tomber l'affaire Peña.

C'était audacieux, même de la part d'Inez.

— Pourquoi ?

— C'est imprudent pour ta carrière, Henry. Écoute, le gouverneur tient à nommer des Latinos aux postes de juges avant la prochaine élection. Il nous a demandé qui nous recommandions. Ton nom est sur toutes les lèvres. Il n'y restera pas longtemps si tu persistes à défendre l'assassin de Gus Peña.

— Et la présomption d'innocence, tu l'as oubliée ?

— Il ne s'agit pas de droit, mais de politique, dit-elle en sortant une cigarette de son sac. Tu as fait libérer le gosse sous caution. Ça suffit.

Je la considérai un moment en faisant mes propres calculs politiques de mon côté.

— Tu comptes te présenter au siège de Peña ?

— Quel rapport ? demanda-t-elle, irritée.

— L'appui de sa femme pourrait t'être utile.

— Je représente le même district que lui, répliqua-t-elle sèchement. Je n'ai besoin du soutien de personne.

— Et bien sûr, il y a la machine à recueillir les fonds de Peña. Extrêmement efficace, à ce qu'il paraît.

Notre serveur arriva avec un chariot et posa un à un les plats gris et huileux devant nous.

— Et je n'ai pas besoin de son argent, dit-elle.

— Mais cela ne te ferait pas de mal non plus. C'est la famille Peña qui t'a demandé de me parler ou ses financiers ?

— Quand est-ce que tu vas te décider à comprendre, Henry ? dit-elle en écrasant rageusement sa cigarette. Tu es chicano, intelligent, tu parles bien. Tu pourrais faire bien des choses pour les gens si tu te joignais à nous au lieu de nous dénigrer.

— Écoute, je suis ton plus grand fan, Inez. J'espère vraiment que tu deviendras « mairesse », « gouverneure », tout ce que tu veux, mais ça ne m'intéresse pas pour mon compte. J'ai vu ce que le pouvoir a fait à Gus Peña. Je vois ce qu'il est en train de te faire.

— Ah bon ? Eh bien, moi aussi j'ai des yeux, Henry. Ce n'est pas du pouvoir que tu as peur. Tu as peur qu'on murmure dans ton dos que tu es gay. Eh bien, puisque tu es si fier de l'être, pourquoi ne te bats-tu pas pour la cause ? Contre tous les Peña du monde. Ils pensent que tu n'es pas un homme. Prouve-leur le contraire.

— Je me le suis prouvé, c'est tout ce qui compte.

— Oh, j'abandonne, dit-elle. Tu es trop subtil pour moi.

— Inez, tu ne le penses même pas.

— Évidemment, dit-elle en se servant. Mange, Henry. Un peu de riz, au moins.

— Non, merci. Je dois être au Parker Center à midi trente pour la parade d'identification. Dis-moi, Inez, Gus battait-il ses enfants aussi, ou seulement Graciela ?

Elle prit ses baguettes.

— Qu'est-ce qui te fait croire que je vais répondre à une question pareille ?

— D'après les circonstances, dis-je. Tu me dois bien ça.

— Disons qu'il n'a jamais laissé de marques visibles, dit-elle.

Je me rendis à pied du restaurant au Parker Center. Des voitures de police entraient et sortaient du parking voisin et le trottoir était maculé de violet par les fleurs de jacarandas tombées des arbres et piétinées par les passants. Des tiges poussiéreuses d'oiseaux-de-paradis ouvraient leurs fleurs à langues oranges. La chaleur faisait monter un relent d'urine des coins où les sans-abri se soulageaient. Quelques-uns traînaient entre les fonctionnaires, attifés de vêtements trop chauds pour la saison.

Je pensai à Inez en train de dévorer son déjeuner avant de regagner son bureau pour s'occuper des affaires des autres. Malgré sa diligence – et celle des milliers de bureaucrates qui remplissaient les gratte-ciel autour de moi – les gens ne semblaient pas mieux se porter. Le seul pouvoir que nous détenions vraiment gisait dans notre cœur et notre âme et à cet égard, il n'y avait aucune différence entre Inez ou moi et la clocharde assise dans sa pisse sur la pelouse de l'hôtel de ville.

Je me trouvais dans une salle rectangulaire où deux bancs étaient disposés face à une paroi vitrée. Derrière se dressait une estrade brillamment éclairée et un mur gradué. La salle n'était pas visible depuis l'estrade. Je n'étais pas seul. J'avais de la compagnie à revendre : l'inspecteur Laverty et son collègue Merrill, Anton Pisano ainsi qu'un homme frêle avec une moustache tombante amené par deux agents de l'immigration. Pablo Saenz, le témoin clé de l'accusation. Il se recroquevillait sur son siège, terrorisé par ce déploiement d'autorité autour de lui. Un très vieil homme aux cheveux blancs soyeux, lisait un bouquin dans un coin.

J'avais examiné les six photos d'identification judiciaire parmi lesquelles Saenz avait reconnu Michael. Elles étaient montées sur un carton carré pourvu de six ouvertures. Les six hommes avaient le même air menaçant, mais ils ne se ressemblaient guère, en dehors du fait qu'ils étaient tous latinos, avec le même type de visage, étroit et anguleux. Cela n'augurait rien de bon pour la parade. Si Saenz avait été capable de reconnaître Michael dans ce groupe, c'est peut-être qu'il l'avait alors vraiment vu. Pourtant, j'étais loin d'être convaincu que ce choix ait été totalement volontaire.

— Où est l'interprète ? demandai-je à Laverty en m'approchant de l'homme, car je ne me fiais pas totalement à mon espagnol.

— Pourquoi ? demanda Pisano. Que voulez-vous lui demander ?

— Je ferai traduire questions et réponses.

— C'est moi, dit le vieil homme aux cheveux blancs en posant son livre.

— J'ai besoin de vous.

Il me rejoignit en souriant et s'inclina légèrement.

— À votre service, dit-il avec un élégant accent anglais.

— Merci, M....

— Sevilla.

— Je suis Henry Rios, le défenseur. Je voudrais poser quelques questions à M. Saenz.

Pablo Saenz avait écouté cet échange avec une inquiétude croissante. Je me tournai et lui souris.

— M. Saenz, dis-je de mon meilleur espagnol, avec quelques fautes. Je suis avocat et j'ai quelques questions à vous poser. Comme mon espagnol n'est pas très bon, je recours à l'interprète, M. Sevilla. Vous n'avez aucune raison d'avoir peur.

Il ne sembla pas plus rassuré.

Je répétai ma phrase en anglais, puis :

— Bien, dis-je à Sevilla. Demandez-lui si la police lui a montré les photos de la parade d'identification avant qu'il vienne aujourd'hui.

— Mon Dieu, Rios, se scandalisa Pisano.

Sevilla traduisit la question, avec quelques problèmes pour l'expression « parade d'identification », mais il parvint à se faire comprendre.

— Non, dit Saenz.

— Non, répéta Sevilla.

— Demandez-lui si la police ou un agent de l'immigration lui a dit quoi que ce soit sur les raisons de sa présence ici ou sur ce qu'on attendait de lui.

Sevilla traduisit. Saenz se mit à débiter une longue phrase, mais l'interprète le coupa pour lui demander de répondre par oui ou non.

— Attendez, dis-je à Sevilla. Ce n'est pas un interrogatoire. Laissez-le parler.

Sevilla s'excusa et demanda à Saenz de reprendre. J'écoutai, compris qu'on ne lui avait pas dit la raison de sa venue ici, mais qu'il serait rapidement libéré s'il coopérait.

— Demandez-lui qui lui a promis sa libération, dis-je aussitôt à Sevilla.

— Attendez, dit Pisano. Traduisez sa réponse.

— Il dit que quelqu'un lui a proposé un marché, expliquai-je. (Puis à Sevilla :) Allez-y, posez la question.

Un instant plus tard, Saenz expliquait que les agents de *la Migra*, l'Immigration, lui avaient dit qu'il serait libéré en récompense de sa coopération avec la police.

Pendant que Sevilla traduisait la réponse, je débattis : devais-je lui parler de l'identification sur photos ? Mais pour cela, il faudrait sans doute les lui montrer et risquer par là même de lui rafraîchir la mémoire en lui montrant à quoi ressemblait Michael.

— Je n'ai rien d'autre à demander, conclus-je.

— Alors mettons-nous au travail, dit aigrement Pisano.

Laverty vint lire des instructions à Saenz que Sevilla traduisit et qui lui expliquaient la procédure. Il devait regarder les six hommes qu'on allait faire entrer et dire s'il en reconnaissait un comme ayant été présent le soir du meurtre de Peña. On lui rappela que ce n'était pas parce que les hommes étaient là qu'ils avaient forcément été présents sur les lieux du crime. On lui demanda s'il comprenait. Il acquiesça.

— Faites-les entrer ! cria Laverty.

Six jeunes Latinos, ayant tous la même stature, et habillés en membres d'un gang, pantalons baggy, baskets et chemises écossaises sur des T-shirts blancs, s'alignèrent sur l'estrade, aussi renfrognés que des mannequins sur un podium. Michael était le deuxième sur la droite. Ils jetaient tous des regards noirs sur la vitre ou feignaient l'indifférence. Michael, immobile, regardait droit devant lui.

Une minute passa, puis deux, puis trois. Au bout de cinq, Pablo Saenz leva la main.

— *El*, dit-il en désignant l'homme à l'autre bout de la file. *Tengo cierto*.

Il était certain.

Je jetai un regard à Pisano.

— Pourquoi pas deux sur trois ? demanda-t-il.

19

Deux heures plus tard, j'étais assis sur le canapé dans le salon des Ruiz. C'était une des vastes pièces de leur vaste demeure, décorée avec un soin méticuleux et impersonnel, moins une véritable maison que le témoignage d'une richesse durement gagnée. Michael, assis à l'autre bout, séparé de moi par des mètres de lin blanc, ses pieds nus posés sur la table basse, mangeait une glace. Pantalon de toile, polo blanc, les cheveux brillantinés selon la tendance du moment, il était l'incarnation même du gosse de banlieue gâté. Et de loin la larme tatouée n'était rien de plus qu'un innocent grain de beauté.

Seul l'épais bracelet en plastique à sa cheville gâchait le tableau. Il était muni d'un appareil qui envoyait un flux régulier de signaux électroniques à un récepteur de la taille d'un magnétoscope posé à l'autre bout de la pièce. Quelque part, un employé du bureau des conditionnelles surveillait sur un écran les bips qui représentaient l'étendue de la liberté qu'on accordait à Michael.

Carolina vint m'apporter un verre de thé glacé où était piqué un brin de menthe. Elle se déplaçait avec précaution, comme si elle craignait de casser quelque chose.

— Enlève tes pieds de la table, ordonna-t-elle à Michael en posant le thé glacé sur un sous-verre en émail. (Michael ne lui prêta aucune attention et continua de manger sa glace.) En-lè-ve-tes-pieds-de-la-table !

Il obéit aussitôt.

— Vous êtes sûr de ne rien vouloir manger ? me demanda-t-elle.

Nous étions en bons termes, maintenant que je lui avais annoncé la bonne nouvelle de la parade d'identification.

— Oui, oui, je vous remercie.

— Quelle sera la suite des événements ? demanda-t-elle en s'asseyant et en allumant une cigarette.

— L'audience préliminaire. Le D.A. va essayer de requérir avec ce qu'il a, qui suffira peut-être pour que le tribunal ordonne la tenue du procès.

— Mais, et le résultat de la parade ?

— Elle affaiblit leur dossier, mais elle ne le détruit pas entièrement. Les témoins oculaires commettent constamment des erreurs. S'ils décident de poursuivre, j'imagine qu'ils demanderont à Pablo Saenz de l'identifier au tribunal. (Je bus une gorgée de thé.) Même s'il identifie Michael à ce stade, cela n'aura plus tellement de valeur après ce qui s'est passé aujourd'hui. Il a hésité lors de la première identification sur photo, et là, il ne l'a pas du tout reconnu. Au bout d'un moment, on se dit que l'accusation a misé sur le mauvais cheval.

— Mais il peut quand même passer en procès, dit-elle vivement.

— Oui.

— Pourquoi ?

— Peut-être qu'ils n'ont pas mieux comme suspect. Peut-être qu'ils sont toujours convaincus de sa culpabilité.

Michael laissa tomber bruyamment sa cuiller dans son bol.

— C'est ridicule, dit-elle.

Je ne répondis rien. Michael n'avait guère parlé après la parade. Et je voulais vraiment discuter avec lui en tête à tête.

— Pourrais-je m'entretenir avec votre fils seul à seul pendant quelques minutes ? demandai-je.

— Pourquoi ?

— Je vous en prie ? Juste quelques minutes.

Elle se leva lentement, fit exprès de prendre son temps pour ramasser le bol et sortit d'un pas traînant.

— OK, parlons, maintenant, dis-je à Michael quand elle fut sortie. Qui protèges-tu ?

Il leva les yeux vers moi.

— Je protège personne, je vous l'ai déjà dit, c'est moi qui l'ai tué.

— Michael, je ne te crois pas. Ce que je crois, c'est que tu endosses la responsabilité pour quelqu'un d'autre, mais j'ignore qui. Maintenant, je comprends ce que tu penses. Si nous allons en procès avec cette preuve, tu te dis que tu seras acquitté, ce qui est entièrement possible. Et là, non seulement tu seras libre, mais la personne que tu protèges ne sera pas inquiétée non plus.

Il me dévisagea sans rien dire et prit ses cigarettes.

— En réalité, continuai-je, je pense que tu t'attendais à ce qui est arrivé aujourd'hui. Tu t'y attendais, parce que tu savais que tu n'étais pas sur les lieux ce soir-là. Mais c'était risqué, Michael. La police a réussi à convaincre Saenz de t'identifier une fois et cela aurait pu se reproduire. (Je marquai une pause, le temps qu'il comprenne bien mes paroles.) Nous avons sans doute beaucoup de chance qu'il soit resté entre les mains de l'Immigration et non celles de la police.

La porte s'ouvrit sur Bill Ruiz.

— Michael, rayonna-t-il en se précipitant vers son fils. J'ai appris la nouvelle. Viens dans mes bras. (L'air maussade, Michael se leva et se laissa étreindre.) Merci, Henry, me dit-il en venant me serrer la main. Je crois que nous allons pouvoir garder notre maison. (Je souris. Ils l'avaient mise en vente pour payer la caution.) Où est ma femme ?

— Dans la cuisine, répondis-je. Michael et moi avions une petite conversation en tête-à-tête.

— Ah, oui, bien sûr, dit-il. C'est merveilleux, vraiment merveilleux. (Il avait une expression inquiète.) Je n'ai sûrement pas besoin de vous dire le tort que cela a causé à mes affaires. Enfin, continuez de bavarder, dit-il en se hâtant de sortir.

— J'espère bien qu'elles vont merder, ses affaires, dit Michael.

Je le scrutai un moment.

— Peut-être que je n'avais pas bien compris, dis-je. Peut-être que c'est pour les punir que tu veux aller en prison.

Il contempla la vaste pièce, le mobilier blanc, les décorations de bon goût, les reproductions de bonne qualité d'art précolombien qui voisinaient avec des livres jamais ouverts sur l'élégante bibliothèque. Une gerbe de glaïeuls se dressait dans un vase posé sur le manteau de la cheminée. À côté trônait une photographie de Carolina et Bill Ruiz sur leur trente et un, et une autre de Michael, prise à trois ou quatre ans. C'était le seul signe de sa présence dans cette pièce.

— Ils veulent que je sois en prison, se renfrogna-t-il. Que je dégage de chez eux. Mort, de préférence.

— Et que veux-tu d'eux, Michael ?

— Que dalle.

— Tu as dix-huit ans, dis-je. Tu pourrais partir, faire ta vie. Sans drogue ni alcool. Sans eux. Il suffirait de t'en aller.

— Je sais pas de quoi vous voulez parler.

— Arrête de les punir en gâchant ta vie, dis-je. Parce que tôt ou tard, tu finiras mort. Ils s'en remettront. Crois-moi, eux, ils s'en remettront. Mais toi, tu seras mort.

— J'ai prévu des trucs.

— Tant mieux, je suis content de l'apprendre.

Évidemment, il reste encore le petit problème de l'accusation de meurtre qui plane au-dessus de ta tête. Alors, si tu n'étais pas devant ce restaurant cette nuit-là, c'est que tu étais ailleurs. Ne me raconte pas que tu étais dans le parc. Où que tu sois allé, quelqu'un t'a forcément vu et pourra l'attester. Avec ce témoignage, nous pouvons faire sauter l'accusation. Alors ?

— Ils peuvent rien prouver, dit-il en reprenant son accent de petite frappe. J'ai rien à dire.

Durant la nuit, je me replongeai dans le moindre document en ma possession ayant trait à l'affaire Peña. Les rapports officiels, ceux de Freeman, mes notes. Je cherchai la clé d'une porte qui n'existait peut-être même pas, quelqu'un ou quelque chose qui m'offrirait un angle de vision différent. C'est seulement lorsque je relus les notes de mon premier entretien avec les Ruiz qu'un détail attira mon attention. J'appelai Édith Rosen, que je réveillai.

— Édith, excusez-moi de vous déranger, mais vous connaissez le nom de la grand-mère de Michael et son adresse, n'est-ce pas ?

— Attendez un instant, marmonna-t-elle. Il faut que j'aille à mon bureau.

Je l'entendis s'agiter, puis un petit chien glapir. Quelques minutes plus tard, elle décrochait d'un autre poste.

— Quelque part, dit-elle. Ah, la voilà. Vous avez un stylo ? Maria Ruiz. Et voici l'adresse.

La façade de la maison était plongée dans l'ombre d'un immense pin poussiéreux et desséché. Les aiguilles qui tapissaient la cour crissèrent sous mes pas comme de petits os qu'on brise et des oiseaux noirs voletaient entre ses branches. J'y aperçus aussi un ballon rouge coincé, logé là-haut depuis bien longtemps par un gosse.

La maison était un bungalow de deux étages, très vieux, comme presque tout dans ce quartier trop pauvre et trop dangereux pour intéresser les agents immobiliers. C'était le genre de construction qu'on trouve en Nouvelle-Angleterre, délicate et compliquée, comme filée dans du sucre par un confiseur. Je frappai à la porte poussiéreuse et entendis mes coups résonner dans la maison silencieuse.

Quelques minutes plus tard, une vieille femme à chignon vint ouvrir. Elle darda sur moi de grands yeux noirs effarés derrière d'épaisses lunettes. Son visage était flasque et ridé et une robe noire soulignait son corps sans forme. Je me présentai dans un espagnol hésitant et elle s'effaça pour me laisser passer.

Elle me fit entrer dans le salon pendant qu'elle retournait chercher du thé. Je me laissai tomber dans un fauteuil aux coussins bordeaux, la tête sur un petit napperon en dentelle. Au mur était accrochée la photo d'un marin prise durant la Seconde Guerre. Les drapeaux américain et mexicain encadraient son visage sans expression. Sous le portrait était encadrée une médaille. Lui faisait face une huile de mauvaise qualité représentant Jésus au jardin de Gethsémani.

Une télévision neuve trônait au-dessus d'un magnétoscope.

Elle revint d'un pas traînant avec un plateau chargé d'une tasse de thé et d'une assiette de biscuits qu'elle posa sur une petite table à côté de moi, avant de tirer péniblement une chaise pour que nous puissions bavarder.

Je la remerciai pour le thé et les biscuits, la complimentai sur sa maison et lui demandai qui était ce marin. Son mari, dit-elle, avait été tué à Iwo Jima. Je lui exprimai mes condoléances, qu'elle accueillit avec la sérénité de celle qui entend le même refrain depuis presque cinquante ans. Je bus un peu de thé, grignotai la moitié d'un biscuit et lui annonçai que je voulais lui poser quelques questions sur Michael.

— Ah, *si*, *mijito*, murmura-t-elle.

Elle acquiesça quand je lui demandai s'il avait séjourné chez elle durant les jours précédant son arrestation. Puis je lui demandai s'il avait reçu la visite d'une fille et d'une jeune homme de son âge, qui seraient venus dans une petite voiture blanche.

— *Pero, si*, répondit-elle.

Elle précisa qu'ils venaient le voir presque tous les jours, qu'il s'en allait avec eux quelques heures et revenait pour le repas. Une fois, ils étaient restés dîner et elle les avait trouvés bien élevés et respectueux.

— *Muy amables*, dit-elle.

Les avait-elle entendus parler d'un certain Peña ? Non, s'excusa-t-elle. Elle ne leur avait parlé qu'une fois et ils l'avaient surtout complimentée pour sa cuisine. Ils avaient bien mangé, déclara-t-elle.

Je bus encore un peu de thé, grignotai un autre biscuit et lui demandai pourquoi Michael était parti.

Elle répondit que le jeune homme était venu sans la fille discuter longuement avec Michael. Celui-ci était reparti avec lui sans revenir. C'était seulement plus tard quand elle avait appris son arrestation, qu'elle avait compris. Elle pleurait. Je posai une main consolatrice sur la sienne et attendis quelques minutes avant de prendre congé.

Elle me raccompagna et me demanda des nouvelles de son *mijito*.

Je lui répondis que Michael allait bien.

Je repartis en pensant, non à Michael, mais aux heures que j'avais passées chez Raymond Reynolds à parler de mon père. Un homme qui, de l'extérieur, était un citoyen respectueux et responsable de notre voisinage, un ensemble de rues appelé Paradise Slough, le quartier mexicain de Los Robles, une ville du nord de la Californie. Il n'y avait guère de différence avec Boyle Heights, le quartier que je venais de quitter : un village hispanophone dans une ville anglo-saxonne. Méprisés par la majorité, ses habitants avaient une allure et des mœurs tribales. Sa clé de voûte était la cellule familiale, où le père régnait, implacable et jamais remis en question. À l'extérieur, dans le monde où ils travaillaient sous l'œil méprisant de leurs supérieurs anglo-saxons, les pères étaient, politiquement et socialement, des quantités négligeables. Rien d'étonnant, donc, à ce qu'ils ne tolèrent dans leurs familles aucune révolte de la part de leurs épouses et enfants. Et ils buvaient. Ils buvaient pour oublier les affronts qu'ils subissaient dans la journée et pour trouver dans l'alcool une dimension héroïque à leurs vies étriquées, mais au fond d'eux-mêmes, les pères savaient pleinement qu'ils n'étaient rien et en fin de compte, ils buvaient pour faire taire leur rage.

Mais elle ne se calmait jamais complètement. Comment aurait-elle pu ? L'église leur disait qu'ils seraient récompensés dans l'au-delà, mais c'est une maigre consolation pour qui s'échine dans sa vie et endure pendant des années maintes humiliations. Quand leur rage explosait, ils s'en prenaient aux seules personnes sur qui ils avaient du pouvoir : épouses, fils, filles, surtout les fils, en qui ils voyaient leur jeunesse perdue. Les fils prenaient les coups et absorbaient cette colère. C'était la recette du parricide.

Je le savais, c'était en moi, mais c'est seulement en parlant à Raymond Reynolds que j'avais compris que quinze ans après le décès de mon père, je portais encore un reste de fureur homicide. La voyant en moi, je pouvais désormais en reconnaître les traces chez d'autres hommes dont l'enfance avait été semblable à la mienne. Gus Peña, par exemple, cet homme puissant et révolté qui avait traversé la vie comme s'il traquait quelqu'un. Sa spectaculaire réussite n'avait pas suffi à briser le cercle vicieux de la rancune, pas plus que mes diplômes universitaires, et nous avions tous les deux fini comme nos pères, en alcooliques frustrés. Mais il y avait une différence capitale : je n'avais pas de fils à qui transmettre cette rage. Lui, si.

La chambre de Michael avait été meublée en fonction de l'image que ses parents avaient de son avenir. Le grand lit était recouvert d'un édredon en duvet et au-dessus était accrochée une carte du monde, comme si Michael avait pu rêver d'aller ailleurs que là où les drogues l'emmenaient. Un bureau à cylindre inutilisé trônait dans un coin. Il n'y avait que quelques livres de poche dans la bibliothèque, un gant de base-ball si rarement utilisé qu'il était fendillé et une raquette de tennis détendue. Michael, assis sur le lit, en jean et T-shirt noirs, fumait une cigarette en me regardant avec inquiétude.

— Je suis allé voir ta grand-mère cet après-midi, lui dis-je. Elle m'a raconté que tu avais eu des visites la dernière fois que tu étais chez elle.

Il secoua ostensiblement sa cigarette dans le cendrier.

— Et alors ?

— Un garçon et une fille qui sont venus dans une petite voiture de sport. Angela et Tino Peña.

— C'est une vieille femme, elle y connaît rien.

— Elle sait ce qu'elle a vu, répondis-je sans relever. Et maintenant, moi aussi je sais. Il est temps de me dire la vérité.

Il s'adossa à la tête du lit.

— Je vous l'ai dite, vous me croyez pas, c'est tout.

— Michael, Tino a tué son père. Ce qui le rend coupable d'un meurtre, mais si tu y as participé, si tu l'as aidé de quelque manière, avant ou après, cela te rend coupable de complicité. Michael, tu ne peux plus le protéger. Il va aller en prison. Reste à savoir si tu vas y aller aussi.

Il me fixa derrière un écran de fumée. Les voix de ses parents résonnèrent dans le couloir. Ils se disputaient en espagnol. Il tira une dernière bouffée et l'écrasa.

— Je savais pas.

— Tu ferais bien de tout me raconter.

— Tino a une copine, elle était avec lui au tribunal.

— La fille en lamé doré.

Il me jeta un regard vide.

— Ouais, ça doit être ça, la blonde. Elle a dans les trente ans, par là. Le père de Tino voulait qu'il rompe avec elle. Tino disait qu'il allait le faire, mais il continuait de la voir. Le vieux a tout découvert et c'est pour ça qu'il l'a fait changer d'université et revenir à L.A.

— Il a connu cette femme à Berkeley ? Qu'est-ce qu'elle faisait en ville ?

— Elle est revenue avec lui. Son père a tabassé Tino quand il l'a vue se ramener. Il a dit à Tino que s'il était pas fichu de penser autrement qu'avec sa queue, il la lui couperait. Il a obligé la meuf à repartir à Berkeley. Après ça, il a pas arrêté de surveiller Tino et tout. Genre, quand Tino allait le soir étudier à la bibliothèque, son père l'appelait pour vérifier qu'il y était.

— La femme est revenue.

— Ouais, il lui a loué un appart' à Hollywood.

— Peña a appelé Tino à la bibliothèque le soir où on l'a tué, dis-je. Mais ce n'est pas lui qui a répondu, n'est-ce pas ? C'était toi.

— Comment vous le savez ? (Je ne répondis pas, voulant qu'il s'imagine que j'en savais plus encore.) Tino avait dit au vieux qu'il allait à la bibliothèque ce soir-là, puis il est venu me chercher et m'y a déposé et après il est allé baiser avec sa copine. Quand le vieux a appelé, je lui ai parlé.

— Il a dû reconnaître ta voix, dis-je.

— À l'heure qu'il était, ricana Michael, le vieux était trop bourré pour reconnaître la sienne. J'ai pas dit grand-chose, de toute façon. Il a surtout raconté qu'il était génial, un bon père, tous les sacrifices qu'il faisait pour ses gosses.

Je me rappelai la nuit où Peña avait appelé chez moi et que Josh avait répondu. Josh aussi m'avait dit qu'il était tellement saoul qu'il avait à peine compris ce qu'il racontait.

— Continue, dis-je.

— Tino est passé me chercher quand la bibliothèque a fermé à minuit et il m'a déposé au centre, puis il est rentré chez lui.

— Que s'est-il passé le jour où Peña a été tué ?

— Tino m'a appelé et demandé de venir à la bibliothèque avec lui. Alors je suis venu, hein. Y'avait pas de quoi en faire tout un plat. Mais quand il est passé me prendre, il était fringué comme un mec des gangs. C'était marrant, parce que Tino faisait toujours gaffe à ce qu'il mettait. Et c'était pas sa voiture qu'il conduisait, mais une vieille bagnole.

— Tu lui as demandé pourquoi ?

— Oui, évidemment. Il m'a dit que c'était pour faire une blague à sa copine. Qu'elle avait le fantasme de baiser avec un mec des gangs, et qu'il allait lui faire la surprise. Je me suis dit, ils font ce qu'ils veulent.

— Et le lendemain, en apprenant le meurtre de Peña, tu as tout compris.

— Pas tout de suite. Mais j'ai commencé à lui poser des questions. Il a fini par me le dire. Et il m'a demandé de l'aider.

— Pourquoi ?

— Parce que, il m'a dit, si je l'aidais pas, il dirait que j'étais avec lui.

— Oui, je le vois bien répondre ça, mais tu savais que tu étais innocent. Pourquoi tu ne lui as pas dit d'aller se faire foutre ?

Il attendit un moment avant de répondre, revoyant mentalement une image qui le faisait souffrir.

— Pour Angela, dit-il enfin. Elle était au courant. (Il me regarda comme si je pouvais lui dire pourquoi elle avait aidé son frère à tuer leur père, mais il se contenta de répéter :) Elle était au courant.

— Enfin, Michael, dis-je doucement, même si tu l'aimais, c'est ta vie que tu mettais en jeu, ta liberté.

— J'ai pas de vie sans Angela, dit-il. M. Rios, elle est enceinte. Elle attend un enfant de moi.

— Tu étais donc prêt à risquer la prison pour elle en comparaissant en justice pour le meurtre de Gus Peña, dis-je au bout d'un moment.

— Y'a pas de quoi en faire toute une histoire, expliqua-t-il d'un ton las. Si encore j'avais une vie. Elle m'a dit qu'elle m'attendrait.

— Et tu as un casier judiciaire, dis-je en rajoutant une pièce du puzzle. Pour agression à main armée. Tino savait que tu avais utilisé un pistolet en plastique ?

— Fallait pas que ça se sache, dit-il en rougissant.

— Donc, Tino pensait que tu avais utilisé une vraie arme, ce qui, bien entendu, te rendait d'autant plus suspect dans le meurtre de son père. (Je le regardai et secouai la tête.) Peut-être penses-tu que tu aidais Angela, mais c'était à Tino que tu rendais vraiment service, en réalité.

— À elle aussi, insista-t-il. Ça lui montrait combien je l'aimais. Ma poupée à moi. Je peux m'occuper d'elle, moi. Son père a été tellement salaud avec elle.

— Peña savait que vous sortiez ensemble ?

— Merde, non. Il m'aurait tué.

— Quand as-tu commencé à la voir ? demandai-je, une idée me venant à l'esprit.

— Elle l'a amené au SafeHouse et là, elle m'a vu et elle a pas oublié. (Il fronça les sourcils.) Elle était super-coincée, mais après, elle a fini par apprendre à me connaître. C'est là que ça a commencé. Elle est pas coincée, M. Rios. C'est juste une fille super-timide, qui parle pas beaucoup, dit-il aussi tendrement que s'il s'était adressé à elle. C'est mon bébé. Mon bébé à moi.

Je tirais mes propres conclusions sur Angela

Peña, et elles n'étaient pas aussi charitables. Elle avait joué de sa séduction pour le convaincre de participer au meurtre de son père, car cela se voyait comme le nez au milieu de la figure que Michael Ruiz était privé d'affection. Ce manque causait sa perte, tout comme les drogues qu'il prenait pour le compenser. Depuis sa naissance, il n'appartenait pas à cet univers, celui de sa chambre, de sa famille. Il avait essayé de se faire accepter des voyous du quartier où avait grandi son père, mais ils l'avaient vu pour ce qu'il était : un gosse de banlieue qui s'est cramé la cervelle avec la drogue, pas le genre assez dur pour rejoindre une bande qui luttait pour survivre dans la rue. Le seul endroit où il était chez lui, c'était le reliquaire qui tenait lieu de maison à sa grand-mère, où il pouvait être un mort-vivant sans que personne n'y trouve à redire.

Et puis Angela était entrée dans sa vie et lui avait donné quelque chose que même la drogue ne lui apportait pas : un être qui semblait plus faible que lui et qu'il pouvait protéger. Je me demandai si c'était elle ou Tino qui avait eu l'idée de raconter à Michael qu'elle était enceinte. Tino, probablement. C'était apparemment lui qui avait tout manigancé, mais j'avais du mal à croire qu'Angela était sans reproche. Un instant, je songeai à dissiper les illusions de Michael afin de le convaincre de m'aider pour la suite, mais à la façon dont il avait parlé d'elle, je doutais que cela marche. Je choisis une autre tactique. Si je pouvais le convaincre qu'elle n'était pas dans le coup, peut-être ne lui dirait-il pas que je savais tout.

— Michael, as-tu envisagé la possibilité

qu'Angela n'ait jamais su que Tino allait tuer leur père ?

— Comment ça ?

— Écoute, c'est Tino qui avait un problème. Dans sa situation, j'utiliserais n'importe qui pour me protéger. Peut-être même jusqu'à ma sœur.

Il sauta sur l'argument, tellement il avait envie qu'elle soit innocente.

— Vous voulez dire, genre, il lui aurait dit que si elle me parlait pas, il aurait fait croire qu'elle était complice ?

— Quelque chose comme cela, oui.

— Ah, l'enfoiré. Pareil que son vieux. Attendez que je dise à Angela que tout va bien.

— Michael, rends-moi un service. Ne l'appelle pas avant que je te le dise.

— Pourquoi ?

— Parce que je vais essayer de convaincre Tino de se dénoncer.

— Bon courage, mec, dit-il, sincèrement inquiet pour moi.

20

J'attendais à mon cabinet Tino Peña à qui j'avais donné rendez-vous. Il était presque 19 heures. Ce matin-là, j'étais allé à la Southland University, où Tino suivait des cours de droit – avait suivi, plutôt, puisqu'il l'avait quittée deux jours après les obsèques de son père – et avait retrouvé l'étudiante chargée de vérifier les identités à la bibliothèque le soir où Gus avait été tué. Elle s'était rappelé un étudiant avec un grain de beauté sous l'œil qui était venu ce soir-là. Sur une intuition, j'avais appelé l'état civil du comté d'Almeda, où se trouvait Berkeley, et j'avais eu la confirmation qu'Agustin Peña, Jr., et Jamie Starr avaient obtenu un certificat de mariage en décembre dernier. Après quoi, je dictai un long mémo détaillant tous les faits reliant Tino au meurtre de son père et le laissai sur le bureau d'Emma pour qu'elle le tape le lendemain matin.

Puis, l'heure approchant, je branchai l'interphone qui était connecté à un autre bureau au bout du couloir, où Freeman Vidor attendait d'entendre la conversation que j'allais avoir avec Tino. Quand je lui avais dit ce que j'avais l'intention de faire, il m'avait fortement conseillé d'appeler la police et de lui communiquer mes preuves. J'avais refusé.

Tino Peña n'était pas seulement un fils qui avait tué son père. C'était mon miroir. Je voulais le regarder en face et qu'il me regarde. Je voulais lui donner la possibilité d'expliquer, à moi comme à lui-même, pourquoi il avait commis ce geste. Il faudrait qu'il le sache, tout au long de la longue route qui l'attendait, pas seulement durant l'inévitable procès, mais aussi jusqu'à la fin de ses jours.

J'avais réfléchi à la loi cachée. Cette loi qui nous accepte tels que nous sommes et ne répond à rien quand nous mentons. La vie de Gus Peña avait été un mensonge, un tourbillon dans lequel il cherchait à oublier la tristesse permanente qui régnait au fond de lui. Avec son long visage de personnage du Greco, c'était un martyr du *machismo*, ce code tragique selon lequel son père et le mien avaient vécu, confondant témérité et courage. Ce n'était pas la même chose, je le savais désormais. Le courage exige de l'espoir. C'est ce que je voulais dire à Tino, qui avait déjà fait montre de sa témérité.

J'entendis des pas dans le couloir, puis il apparut sur le seuil. En le voyant avec son jeans et le sweat-shirt de Berkeley qui moulait sa carrure, ses cheveux gominés en arrière, je perçus la ressemblance entre

Tino Peña et Michael Ruiz. Elle m'avait échappé jusque-là, parce que je ne l'avais pas cherchée.

— Entrez, Tino, asseyez-vous.

Il s'avança lentement et prit un siège.

— Vous disiez que vous aviez quelque chose à me dire concernant le meurtre de mon père.

Son regard était aux aguets. Il avait les mains posées gauchement sur les cuisses, cachant quelque chose sous le sweat-shirt, quelque chose qu'il avait fourré dans sa ceinture. Une arme.

— J'ai appris que vous aviez abandonné la fac de droit, dis-je.

Je le pris de court et cela le mit mal à l'aise.

— Non, juste pour un trimestre. Ma mère a besoin de moi à la maison.

— Vous avez l'intention d'exercer dans quel domaine ?

Il se détendit. Ces questions lui étaient familières.

— Je ne sais pas. Probablement dans la politique.

— Comme votre père. Vous devriez connaître un grand succès, si j'en juge par l'éloge funèbre que vous avez prononcé à ses obsèques. C'était très émouvant.

— Merci, murmura-t-il.

— Il ne m'a semblé étrange qu'après coup, quand j'y ai réfléchi, dis-je. Jamais vous n'avez prononcé le mot « amour ».

Il se raidit.

— Vous n'avez pas bien entendu.

— Si, j'ai très attentivement écouté. Vous savez,

Tino, je travaille sur la défense de Michael, j'ai appris bien des choses sur votre père. Tout le monde s'accorde à dire que c'était un politicien éblouissant, mais un homme dur au quotidien et difficile à aimer.

— Mon père était le meilleur, dit-il d'un ton passionné.

— Le meilleur des pères ? Le meilleur des maris ?

— Que voulez-vous, M. Rios ? demanda-t-il prudemment.

— La vérité. Je veux vous donner l'occasion de me la dire.

Il secoua lentement la tête.

— Je ne comprends pas.

— Permettez-moi de vous raconter quelques petites choses sur votre père, et vous me les éclaircirez, OK ? (Sans attendre de réponse, je poursuivis :) Votre père était ivre quand il est mort, Tino, alors qu'il avait publiquement déclaré quelques semaines auparavant qu'il avait surmonté ses problèmes d'alcool. Bien avant cela, après qu'il eut tué un homme à Sacramento, après son séjour au SafeHouse, il avait envoyé votre mère aux urgences de St Vincent avec une lèvre fendue et un œil au beurre noir. C'est vous qui l'y avez conduite.

Il hocha presque imperceptiblement la tête.

— Ce discours, c'était pour la galerie, enchaînai-je. En privé, il n'avait pas changé du tout. Il buvait toujours et continuait de battre votre mère. Il vous a forcé à quitter Berkeley pour briser votre mariage.

Il resta bouche bée.

— Comment avez-vous... ?

— Une intuition.

Son étonnement s'évanouit.

— Ce petit con a parlé, dit-il d'un ton sinistre.

— Pas de son plein gré. Je suis allé rendre visite à sa grand-mère. Elle m'a parlé de visiteurs, vous et votre sœur. Elle vous trouvait charmant. Mais vous avez toujours très bien joué ce rôle, n'est-ce pas, Tino ? Celui du gentil garçon, du fils obéissant.

— Il s'en tirera, dit-il. Les témoins ne pourront jamais l'identifier.

— Parce que ce n'était pas lui. Je le sais. Il était à votre place à la bibliothèque de Southland. La fille qui l'a laissé entrer s'est souvenue du tatouage, dis-je en indiquant mon œil. Vous avez raison. Il s'en tirera, mais cela soulève d'intéressantes questions sur vos propres allées et venues.

— Personne n'a besoin de le savoir.

— Ne pensez-vous pas que le D.A. aura cette curiosité ?

— Mon père a aidé à son élection, sourit-il. Ma femme jurera que j'étais avec elle. (Son sourire se tendit.) Mike n'a pas l'intention de parler, hein ? Qu'est-ce que ça peut lui faire, du moment qu'il n'est pas poursuivi ?

— Et vous, vous êtes prêt à vivre avec cela ?

Il était trop intelligent pour répondre. Il se radossa en souriant d'un air narquois.

— Je crois que vous devriez en rester là, M. Rios. Ça vaut mieux pour vous.

— J'ai eu un père comme le vôtre. Tout le monde

le prenait pour le père de famille modèle parce qu'il veillait sur nous, mais personne ne savait ce qui se passait une fois la porte fermée. Jamais je n'en ai parlé à personne non plus, de ces crises d'ivrogne, des coups, de l'humiliation constante, parce que je pensais que nul ne me croirait, et aussi parce que j'avais honte de ne pas lui tenir tête. J'ai porté en moi ces secrets pendant toute ma vie, Tino, parce que je croyais que c'étaient les miens. Mais j'avais tort. C'étaient les siens. Je ne me rendais pas service. Je l'aidais, c'est tout. C'est comme cela qu'il a continué à contrôler ma vie, même après sa mort. Vous croyez que votre vie s'en trouvera mieux maintenant qu'il n'est plus là, mais vous vous trompez. C'est toujours lui qui tire les ficelles.

— C'est ma vie, maintenant, dit-il.

— Non, il l'a emportée avec lui dans la tombe. Comment allez-vous la récupérer ?

— Vous allez prévenir la police ? demanda-t-il lentement. C'est de ça qu'il est question ?

Je pesai soigneusement mes mots, redoutant l'arme glissée dans sa ceinture.

— La loi change. Elle commence à reconnaître des défenses qui expliquent pourquoi quelqu'un qui a été terrorisé toute sa vie finit par riposter.

— Préméditation, dit-il. Je le guettais. Ce sont des circonstances aggravantes. Donc la peine capitale.

— Si toute la famille était complice, corrigeai-je. Si tout le monde s'était ligué, le jury aurait plus de mal à vous juger coupable. (Je vis le doute passer dans son regard.) Il doit y avoir des traces sur des années, continuai-je. Des dossiers aux urgences, des rapports de professeurs voyant arriver un élève avec des blessures suspectes, des voisins qui se rappellent des disputes, qui ont peut-être appelé la police. Tout le monde est déjà au courant des problèmes d'alcoolisme de votre père.

— On n'est jamais acquitté, dit-il en me scrutant, guettant le mensonge.

— Pas entièrement. C'est une plaidoirie classique d'homicide simple. Quinze ans pour le meurtre, deux pour l'arme. Au bout de deux ans, vous pouvez bénéficier de la libération conditionnelle.

— Neuf ans, répéta-t-il à mi-voix. J'en aurai trente-cinq. (Il secoua la tête.) Et ça, c'est à condition que vous ne vous trompiez pas, mais vous ne pouvez rien promettre.

— Non, en effet. Mais posez-vous la question, Tino : quels intérêts cela servirait-il de vous envoyer dans le couloir de la mort ? Qui réclamerait votre sang ? Votre mère ? C'est la seule qui ait la crédibilité morale pour exiger que vous soyez poursuivi selon la pleine application de la loi. Mais elle ne le fera pas, n'est-ce pas ?

— Non, murmura-t-il.

Parce qu'elle *était au courant*, songeai-je. C'est pour cela qu'elle avait demandé à Inez Montoya de me conseiller de laisser tomber. Pour protéger son fils.

— C'est déjà un cauchemar pour votre famille, dis-je. Personne ne veut le voir empirer.

Il baissa les yeux vers ses mains, les épaules tremblantes. Quand il releva la tête, je vis qu'il pleurait.

— Je ne peux pas prendre le risque, M. Rios.

— C'est votre seule chance, Tino. (Je pris une profonde inspiration et jouai ma dernière carte.) Me tuer ne ferait qu'aggraver la situation. Vous pouvez peut-être vivre avec la mort de votre père sur la conscience, mais pas celle d'un innocent. Donnez-moi l'arme, Tino.

À présent, il était secoué de sanglots.

— Non, je ne peux pas.

— Vous n'êtes pas un assassin, Tino, dis-je en espérant que Freeman était prêt à intervenir. Donnez-moi l'arme. Je peux vous aider. Je comprends ce que vous avez vécu. Tuez-moi, et vous n'aurez aucune autre occasion de faire la paix avec vous-même. Donnez-moi l'arme, Tino. Donnez-la-moi.

Il souleva son sweat-shirt, dévoilant la crosse d'un calibre 22, le sortit et le garda à la main. Je me forçai à rester parfaitement immobile, alors que j'avais l'estomac noué et que tout en moi me criait de me jeter à couvert.

— Posez-le sur le bureau, dis-je.

Son regard alla de mon visage au revolver. Nous restâmes immobiles pendant une minute qui me parut interminable, puis, lentement, il posa l'arme sur le bureau et la poussa vers moi. Doucement, je tendis la main et la pris, ouvris un tiroir et l'y laissai tomber. Du coin de l'œil, j'aperçus sur le seuil Freeman qui rengainait son arme et retournait à son poste au bout du couloir.

Je quittai mon bureau et vins poser la main sur

l'épaule de Tino qui m'étreignit par la taille et se mit à pleurer.

— Tout va bien, mon petit, dis-je en lui caressant les cheveux. Tout va bien, tout va bien.

*
* *

Beaucoup plus tard, j'étais dans mon bureau avec la cassette de notre conversation que Freeman avait enregistrée. Je la repassai, puis, l'ayant écoutée, je restai assis un long moment à réfléchir au prix que j'avais failli payer pour donner à Tino la possibilité de se libérer enfin de son père. Le mien m'aurait traité d'imbécile pour avoir pris ce risque. Mais il se serait trompé, comme toujours. Il était tellement aveuglé par son idée de ce qu'un homme doit être qu'il n'avait jamais vu le courage de son fils.

J'effaçai la bande.

21

Je cessai de prendre des affaires après le procès de Tino qui, en tout cas, dura pendant tout l'été. L'accusation invoqua les circonstances aggravantes, mais ne se donna guère de mal pour le poursuivre. Jour après jour, les révélations sur la personnalité de Gus Peña paraissaient dans la presse. Je n'avais pas encore commencé à plaider que les courriers des lecteurs étaient remplis de lettres demandant pourquoi la famille devait souffrir encore plus. Le jury conclut au meurtre sans préméditation. Tino fut condamné à quinze ans de réclusion à la prison de moyenne sécurité de San Luis Obispo. J'allai lui rendre régulièrement visite durant ses premières semaines, tout comme Édith Rosen, qui avait ouvert un cabinet privé.

Le SafeHouse ferma ses portes peu de temps après la fin du procès, lorsque fut demandée par l'État une enquête suite au séjour qu'y avait fait Gus Peña.

Aux dernières nouvelles, Chuck Sweeny essayait d'ouvrir un autre centre dans le Nevada.

Michael, ayant violé sa conditionnelle, fut condamné à demeurer sous la tutelle de la California Youth Authority jusqu'à ses vingt et un ans. Angela Peña n'était finalement pas enceinte. Les Ruiz me réglèrent rapidement mes honoraires et je n'entendis plus parler d'eux.

Inez fut élue au Sénat en remplacement de Gus Peña.

À la fin août, j'avais réglé mon dernier dossier. Je fermai mon cabinet, demandai à Emma de trouver un autre poste et rentrai chez moi.

L'été était terminé. Je sentais le changement de saison à la fraîcheur de la brise qui soufflait dans les sycomores le long de la petite rue tranquille de West Hollywood. Je marchais lentement, la laissant me caresser la poitrine, en songeant aux doigts de Lonnie sur mon torse, alors que nous regardions la lumière décroître, allongés dans son lit où j'avais passé la nuit dernière. Je ne me leurrais pas au point de penser qu'être avec lui signifiait plus que cela, mais cela me suffisait. Quand je n'étais pas avec lui, je passais mon temps avec Éric et Andy à Santa Barbara, à essayer de me rappeler mes dix-huit ans, quand le monde déposait à mes pieds toutes ses possibilités.

J'arrivai devant l'immeuble et, ayant trouvé le nom de Josh sur la liste, j'appuyai sur l'interphone.

— Henry ? demanda-t-il.

— Salut.

La porte s'ouvrit. Je pris l'ascenseur jusqu'au troisième et le trouvai qui m'attendait sur le palier, détendu, à l'aise dans son jogging bleu et son débardeur jaune. Je ne l'avais pas revu depuis mai. Pendant un moment, il n'avait même pas appelé, et j'avais renoncé. Puis, la veille, il m'avait demandé de passer chez lui. En le voyant, toute ma tristesse revint, avec tous mes regrets. Il s'avança vers moi en souriant, m'étreignit et me fit entrer dans l'appartement qu'il partageait avec Steven.

— C'est très joli, dis-je en contemplant le coûteux mobilier rutilant.

— Ouais, dit-il. Pas mal, pour deux mecs en pension d'invalidité. Presque tout appartient à Steven, ajouta-t-il, redevenu sérieux. Des souvenirs de l'époque où il était un jeune cadre dans le cinéma. On l'a viré quand on a su qu'il avait le sida. En fait, il vit des dommages et intérêts que son avocat a extorqué à ses employeurs. Tu veux boire quelque chose ?

— De l'eau minérale.

Il fila dans la cuisine et revint avec deux verres d'eau.

— Votre cocktail, dit-il en s'asseyant près de moi, une main sur ma jambe. Tu as bonne mine, Henry.

— Toi aussi, dis-je en suivant du doigt son énorme biceps. Tu vas à la gym ?

— J'ai tout le temps qu'il faut pour ça.

— Et les études ? demandai-je.

Quand nous avions rompu, il faisait son dernier trimestre à l'UCLA.

Il but une gorgée de Calistoga.

— J'ai dû arrêter. (Il se frappa la tempe.) Ça commence à dérailler.

— Comment ça ? demandai-je en souriant, pensant à une blague.

— J'ai déjà perdu environ dix pour cent de ma capacité cérébrale. L'autre jour, au dîner, je ne me rappelais plus le mot pour dire sel.

Je ne souriais plus.

— Ce n'est pas drôle.

— Je ne blague pas, répondit-il.

Je me mis à pleurer. Il passa son bras autour de moi et me laissa sangloter contre sa poitrine, à présent dure et musclée à force de soulever de la fonte, la poitrine d'un beau jeune homme qui avait cinquante ans devant lui. Il me caressa les cheveux en murmurant tous ces petits termes affectueux de son invention dont il m'affublait quand nous vivions ensemble. Au bout de quelques minutes, je me dégageai et me radossai en m'essuyant le visage.

— Ce n'est pas juste, dis-je.

Il soupira et but une gorgée d'eau.

— Il y a des choses que je dois régler pendant que j'en suis encore capable. Je dois rédiger un testament, Henry.

— C'est pour cela que tu m'as demandé de venir ? Ton testament ?

— Pas seulement cela, mais pour te parler. Te demander ton aide.

— Ce que tu voudras.

— Commençons par le testament. Il n'y a pas

grand-chose. Mon grand-père avait prévu un fonds de pension pour ses petits-enfants et j'ai quelques actions, ce genre de choses. Je veux les léguer à des associations de lutte contre le sida, à Act Up et d'autres. Je sais que tu rédiges des testaments pour des malades depuis des années.

— Jamais je n'aurais cru que je ferais le tien.

— Je crois que nous vivions tous les deux une sorte de fantasme, dit-il avec un air énigmatique. Tu pensais que si tu ne me laissais jamais grandir, je ne mourrais jamais. Je croyais que tu étais assez fort pour y parvenir.

— Jamais je n'ai voulu t'empêcher de grandir.

— Je sais, dit-il avec un rien de l'âpreté que nous avions connue dans nos derniers jours ensemble. C'était la seule manière dont tu savais veiller sur moi, ajouta-t-il plus tendrement. En jouant l'adulte pour deux.

— Je suis désolé, Josh.

Il me contempla un moment.

— Je crois que tu agirais autrement, maintenant.

— Oui, je pense que tu as raison.

Il se leva et alla chercher un dossier sur un bureau.

— J'ai noté ce que je veux, en gros. Je me suis dit que tu pourrais le prendre et le traduire en jargon légal.

J'ouvris la chemise. Il avait rempli des pages de son écriture penchée.

— Oui, je peux le faire.

— Je veux être incinéré, Henry. Mes parents

n'apprécieront pas, mais si tu leur dis que c'était ma volonté, ils la respecteront. Et je veux que mes cendres soient divisées en cinq parts, une pour eux, deux pour mes sœurs, une pour Steve — s'il est encore là — et une pour toi. Tu les disperseras dans un endroit que nous aimions particulièrement tous les deux.

La seule manière dont je pouvais affronter ce moment était de répondre à ses demandes sans réfléchir.

— OK. Et pour la cérémonie ?

— À la même église que Cullen. C'est œcuménique. Personne ne se souciera que je sois juif, je pense.

— Il y a la synagogue gay.

— Faisons comme je veux, OK ? sourit-il.

— Pardon.

— Je sais que c'est dur pour toi, Henry. Il n'y a personne d'autre à qui je puisse en parler sans m'effondrer. Je veux qu'on passe une chanson, un extrait de l'opéra où tu m'as traîné la dernière fois qu'on était à San Francisco. Un opéra de Gucci.

— Puccini, dis-je. *Sœur Angélique*.

— Oui. Quand elle parle de son bébé qui est au ciel. Ça m'a bouleversé.

Je me rappelais. *Ah ! dimmi quand in cielo potro vederti ? quando potro baciarti ?*

— « Quand te reverrai-je au ciel ? Quand pourrai-je t'embrasser ? » Tu vas encore me faire pleurer.

— Tu auras largement le temps plus tard, Henry, dit-il doucement. Tu vois quelqu'un en ce moment ? Ça ne me plaît pas de t'imaginer seul.

— Je ne le suis pas.
— Eh bien, parle-moi de lui, sourit-il.
— Josh...
— Je veux des détails, Henry.
— OK. Il s'appelle...

Ne parvenant pas à dormir cette nuit-là, je me levai, discrètement, pour ne pas réveiller Lonnie, me rendis dans le salon et ouvris les fenêtres sur la brise fraîche. Je pris le CD de *Sœur Angélique* et le mit sur la platine. Assis par terre sous la fenêtre, je cherchai le morceau, appuyai sur LECTURE et attendis que commence la musique.

Chronologie complète de la série

LA MORT À FRISCO
UN GARÇON EN OR
L'ENFANCE DU CRIME
LA LOI CACHÉE
ADIEU AUX AMIS CHERS (Grand format)
SOUS UNE PLUIE DE FLAMMES (Grand format)

À paraître en 2008
le dernier volume de la série

LA MORT À FRISCO

L'avocat Henry Rios a perdu la foi dans son travail à la prison de San Francisco. Jusqu'au jour où il rencontre le beau et émouvant Hugh Paris, emprisonné à tort et victime d'une sombre machination homophobe. C'est du moins ce qu'il prétend...

Entre l'avocat et son client s'ébauche une histoire d'amour, tragiquement interrompue par la mort brutale de Hugh. Persuadé qu'il a été assassiné, Rios mène une enquête méthodique au sein de la jungle cadenassée de la bonne société de Frisco et surtout de la richissime famille Linden dont Hugh était le dernier rejeton mal-aimé...

UN GARÇON EN OR

Ils travaillaient dans un restaurant de Los Angeles. On les a trouvés dans la cave, Brian mort, Jim un couteau ensanglanté à la main, du sang plein ses vêtements. Confronté à des preuves aussi accablantes, comment l'avocat Henry Rios va-t-il pouvoir établir l'innocence du jeune homme ? Sa tâche s'avère d'autant plus difficile que l'accusation a trouvé un mobile : Brian menaçait de révéler publiquement l'homosexualité de Jim…

Au bord de luxueuses piscines ou dans la pénombre de bars propices aux rencontres, Henry Rios croisera acteurs célèbres, gigolos et hommes de main, et découvrira au fil de son enquête les multiples et terrifiantes facettes du petit monde fermé de Hollywood.

L'ENFANCE DU CRIME

Pour que son amant Josh, récemment déclaré séropositif, se rapproche de ses parents, l'avocat pénaliste Henry Rios vient d'emménager à Los Angeles. À la demande de sa sœur Elena, il accepte avec réticence de retourner à Los Robles, leur ville natale, pour assurer la défense d'un ami d'enfance, Paul Windsor. Celui-ci est aujourd'hui accusé du meurtre d'un trafiquant de matériel pornographique. Mais quelques années auparavant, inculpé pour agression sexuelle sur mineur, il avait bénéficié d'un non-lieu. Et il semble que beaucoup de ses concitoyens soient décidés à lui faire payer son crime de jadis. Subodorant un complot, Henry Rios va se battre contre les apparences en fondant sa défense sur la présomption d'innocence.

Les autres titres
de la série
en format poche

IMPRIMÉ EN FRANCE PAR BRODARD ET TAUPIN
La Flèche (Sarthe).
Imp. : 41939 – Edit. : 89122 - 06/2007
Édition : 01

Pour l'éditeur, le principe est d'utiliser des papiers composés de fibres naturelles, renouvelables, recyclables et fabriquées à partir de bois issus de forêts qui adoptent un système d'aménagement durable.

En outre, l'éditeur attend de ses fournisseurs de papier qu'ils s'inscrivent dans une démarche de certification environnementale reconnue.

Pour l'effacer, le principe est d'utiliser des papiers [illegible] [illegible]

[illegible]